ハヤカワ文庫 SF
〈SF2301〉

宇宙英雄ローダン・シリーズ〈626〉

異銀河のストーカー

エルンスト・ヴルチェク
林 啓子訳

早川書房
8571

PERRY RHODAN
STALKER
START DER VIRONAUTEN
by

Ernst Vlcek

Translated by
Keiko Hayashi
First published 2020 in Japan by
HAYAKAWA PUBLISHING, INC.
This book is published in Japan by
arrangement with
PABEL-MOEWIG VERLAG KG
through JAPAN UNI AGENCY, INC., TOKYO.

目次

異銀河のストーカー

登場人物

ペリー・ローダン……………………………銀河系船団の最高指揮官

タウレク
ヴィシュナ　}……………………………コスモクラート

レジナルド・ブル（ブリー）…………ローダンの代行

ゲシール……………………………………ローダンの妻

ジュリアン・ティフラー…………………自由テラナー連盟（ＬＦＴ）首席テラナー

ホーマー・ガーシュイン・アダムス…………宇宙ハンザの経済部チーフ

ガルブレイス・デイトン…………………宇宙ハンザの保安部チーフ

ロナルド・テケナー（テク）…………ツナミ艦隊司令

スリマヴォ（スリ）……………………ヴィシュナの具象

クローン・メイセンハート……………星間ジャーナリスト

ストーカー…………………………………エスタルトゥからの使者。本名ソト＝タル・ケル

スコルシュ…………………………………ストーカーの進行役

〝それ〟……………………………………超越知性体

異銀河のストーカー

エルンスト・ヴルチェク

プロローグ

ソルマン・パテルモは、それを感じた。

リッタも、ノルク・スタブロ＝パテルモも、アンポルもしかり。

パテルモ氏族全員が、同じ強さでこれを感じていた。

スプリンガーは、老朽船《パト＝プラマー》で、労苦をいとうことなくアルマダ第一七〇七部隊のアルマディストに随行し、太陽系までの三万四千光年をこえる旅に出発した。パテルモ氏族の転子《ころ》状船は廃船になるだろうが、これを悔やむことはない。

太陽系近傍にいるどのポスビも同じように感じていたし、ブルー族のシ＝イトもそれを感じた。ギュルガニイ、ユティフィ、ギムフィイ、ツュフィク……テラに住みついた者も、あるいは銀河イーストサイドから無限アルマダについてきた者も、あらゆるブルー族がそれを感じたもの。

グラン・デイクも同様だ。このハルト人は九十歳でまだ子供だが、ドラ・ソン、トレイカー、シャウトといった大人のハルト人とまったく同様にそれを感じた……かれらもまた、クロノフォシル・テラの活性化によって呼びさまされた独特な感情から、逃れられなかったのだ。

パシシア・バアルや、この出来ごとを目撃したほかのアンティもみな同じだった。アルコン人、アコン人、ウニト人、フェロン人、エプサル人、オクストーン人、プロフォス人、アラス……だれもがそれを感じた。

クローン・メイセンハートはこうたずねたもの……エルトルス人の魂とシガ星人の魂、どちらが重いのか、と。巨人も侏儒《しゅじゅ》も、手のとどかない異郷への憧れを同じ強さで感じていたから。

かれらは自由で束縛されていないと感じ、同時に定められた境界内での窮屈さをおぼえていた。異郷への憧れが、心のなかでしだいに強まっていく。以前は、まだ漠然とした予感として存在していたこの思いが、クロノフォシル・テラが活性化すると、感情を支配する構成要素となった。

束縛は、吹き飛んだ。それでも、銀河系の牢獄という壁はいまだ存在する。母星につながる臍《へそ》の緒《お》が断ち切られたいま、だれもが銀河系の牢獄から外へ、銀河間宇宙へ、未知の星々へ、未知のエキゾティックな世界へと誘われていた。

異郷への憧れが目覚めさせられたのだ。けっして消えることはないが、それでも、さまざまな束縛によりおさえつけられていたもの。いまや、かれらは自由になり、あらゆる拘束を逃れ、しがらみを断ち、異郷を憧れのまなざしで見つめる。

テラナーのレオナルド・フラッドも、これを感じた。

アン・ピアジェしかり、フレド・ゴファーしかり。

ノシことノシュ・ヤミドもまた、これを感じた。しかし、ノシは、異郷への憧れに身をゆだねるには歳をとりすぎている。ほかの多くの者たち同様、芽生えた憧れをおさえつけ、精神的進化の過程を理解する努力を放棄した。自己表現するために役だったはずの、どこからともなく聞こえてくるささやきにあらがった。

それでも、だれもが異郷への憧れを感じている。

この高まる憧れのほかに、べつの感情も生まれた。それもまた、クロノフォシル・テラの活性化によって呼びさまされたもの。これにあらがうことは、だれにもできなかった。深い洞察と、強い連帯感である。

「われわれ全員がひとつの大家族なのだ」と、年配のノシはいったもの。

クローン・メイセンハートもまた、これを感じていた。雄弁な星間ジャーナリストは、これをうまく表現してこういった。

「われわれ、だれもが一銀河の住民。銀河系住民は、ギャラクティカーなのだ！」

これに対し、異郷への憧れはだれにとっても同じくらい圧倒的だったわけではない。

レジナルド・ブルはこれを感じ、異郷への憧れに完全に身をゆだねた。

ロワ・ダントンとデメテルもこれを感じている。

ロナルド・テケナーとジェニファー・ティロンもこれを感じ、あらがうことはない。

ペリー・ローダンは、複雑な思いでこれをとらえていた。

「異郷への憧れは星々への憧れだ！」クローン・メイセンハートは、こういったもの。

さらに、ヴィールス・インペリウムは、テレパシーによってささやきつづけた。

かつて巨大な、コスモクラートの究極の権力手段だった存在は、数千のヴィールス雲に分散し、テラの軌道を霧でおおっている……暗黒エレメントにより損なわれ、激減したヴィールス・インペリウムの残骸だ。それが、テレパシーによる啓蒙キャンペーンを絶え間なくくりかえす。

ヴィールス・インペリウムが異郷への憧れを高め、人々を望む道へと導いたのだ。道ならぬ道に入り、〝渡り鳥本能〟を満たす必要のあるすべての人々に、ヴィールス・インペリウムは手をさしのべ、真の欲求を持つ者すべてに味方した。とはいえ、自分の目的について偽証する者については、すべて正体を暴《あば》き、拒絶したもの。

ヴィールス・インペリウムは新しく生じた状況のため、献身的に行動した。

クロノフォシル・テラの活性化は、銀河系全体にポジティヴな影響をおよぼした。第一に、銀河系住民のだれもが、これまで以上に連帯感をより強く感じたこと……ギャラクティカーとして。第二のポジティヴな影響は、それゆえ自分たちの銀河にしがみつくのではなく、遠い星々にさらに強く引きつけられるようになったこと。

「異郷への憧れは星々への憧れだ！」クローン・メイセンハートがいった。

ゲシールとスリマヴォさえ、これを感じた。

感じなかったのはタウレクとヴィシュナだけ。

ふたりは、あまりにコスモクラートだった。それゆえ、高次元の存在であり、この下位次元の宇宙においては、ただのひとつ目にすぎないのだ。

1

「ヴィールス・インペリウムはひどい損傷を受け、いまやもう崩壊したのだ」

タウレクは、ヴィシュナが事態を収拾すると約束しても、頑として譲らない。まさに、かれが口にしたとおりのことが起こっていた。ヴィールス・インペリウムは〝物理的〟にも崩壊しつづけ、もとの質量のごく一部まで縮むと、ほとんど見る影もなくなっている。進行する崩壊の明らかな外見の徴候は、無数のヴィールス雲に分裂したことだ。

《シゼル》は一ヴィールス雲のそばで静止する。ヴィールス雲はかたい殻を形成していた。タウレクの探知装置により、これが複雑な構造の合金とわかる。

「わたしたちをなかに入れて」ヴィシュナが命じると、ヴィールス雲の殻に開口部が生じ、《シゼル》はそこに滑りこむ。小型艇が通りぬけると、開口部はふたたび閉じた。

そこは、直径百メートルきっかりの空洞だった。あらゆる色彩に輝く、ごく細い糸がネット状に張りめぐらされている。ネットは中央に集結し、玉座のようなシートをとりまいていた。

「ごらん」タウレクがあざけるようにいう。「ネット・ホールとヴィールス玉座をそなえたヴィールス基地が再建されている……古きよき時代の記憶だ」

「テラのヴィーロトロン結合を終わらせなかったことをほとんど後悔しているわ」ヴィシュナが、ヴィールス玉座に近づきながらいう。「そうしていたなら、コスモクラートのためのヴィールス・インペリウムは、いずれにせよ救われていたはず」

「おそらく」タウレクが同意した。「とはいえ、どれほどの代償をはらったことか！　そうなれば、テラがクロノフォシルとして活性化することもなく、モラルコード修復の可能性は消えていただろう。信じてもらいたいが、これが〝トリイクル9〟の復活にとり、もっとも好ましい状況だったのだ」

ヴィシュナはヴィールス玉座に腰をおろし、タウレクはその前で立ちどまった。

「ヴィールス・インペリウムに訊いてみましょう」女コスモクラートが提案する。「どう思う、ヴィー？　クロノフォシル・テラのヴィーロトロン結合を維持するために、わたしたち、これほど大きな犠牲を甘受するべきだったのかしら？」

「答えは知っています」ヴィールス・インペリウムが、ヴィシュナそっくりの声で応じた。まるで彼女自身の声の反響のようだ。「とはいえ、いまのわたしは、それについてもうなにもいうことはありません」

「なんてこと！」ヴィシュナは怒りにまかせ、ヴィールス玉座の肘かけをたたいた。「拒否するなんて？　おまえには、コスモクラートであるわたしに、まだしたがう義務があるのよ。おまえがクロノフォシル活性化のため、暗黒エレメントによって自身の一部を犠牲にしただけでも充分だわ。もういいかげん、決まりにしたがうべきよ。崩壊プロセスをとめて、ふたたび統合しなさい。自分に課された使命を思いだして！」

「それはむだというもの」ヴィールス・インペリウムが応じた。「暗黒エレメントとの戦いにより、わたしは実体のほとんどすべてを失いました。このみすぼらしい残骸に、ヴィールス・インペリウムと呼ばれる価値はありません。要求に応えることはもうできないのです」

「消えたヴィールス集合体は永久に失われたわけではないわ」と、ヴィシュナ。「暗黒エレメントによってネガスフィアに持ちさられたものは、ふたたびとりもどせるはず」

「持ちさられたわけではありません」ヴィールス・インペリウムが訂正する。「暗黒がわたしから奪ったものは、破壊されました。とりかえしがつかないほど失われてしまった。そうしたくはなかったけれど、とめられなかったのです。この自己犠牲がなければ、クロノフォシル・テラは殲滅《せんめつ》されていたし、暗黒を打ち負かすこともできなかったでしょう。これはコスモクラートの意図でもあったと、わたしは確信しています」

「それでも、コスモクラートはおまえが自分自身を完全にあきらめることを望んではいない」ヴィシュナが応じた。「無数に分裂することで、なにをしようとしているの？ それにより、さらに弱まるだけなのに」

「状況が許すかぎり、最善をつくします」ヴィールス・インペリウムが応じた。

それまで口出ししなかったタウレクが、しかるべく介入しようとしたが、ヴィシュナは手ぶりでこれをさえぎる。あまりに人間的なしぐさだ。これにどのような由来があるのか、思いだせない。

タウレクはヴィシュナの制止にしたがった。彼女がだれよりもうまくヴィールス・インペリウムと交渉できると知っていたから……ヴィシュナは、長いことヴィールス・インペリウムに統合された構成要素だったのだ。

とはいえ、そのヴィシュナでさえ認めなければならなかった。ヴィールス・インペリウムの質量は最小限まで縮んで損なわれ、あたえられた役割をもうはたすことができないと。暗黒が奪いさったものは、永久に失われ、とりかえしがつかない。秩序の勢力と混沌の勢力間の戦いがはげしさを増したとき、テラ宙域にいるだれもがそうと知った。ヴィールス・インペリウムは勝利したが、これにより縮小し、完全に無意味な存在と化した。コスモクラートにとり、価値がなくなったのだ。すくなくともタウレクはそう思った。ヴィールス・インペリウムも同じ結論に達したにちがいない。

だがヴィシュナは、ヴィールス・インペリウムが自身の運命について勝手に決めることはできないと考えている。その義務はコスモクラートにあるのだ……これについては、まちがいなくヴィシュナが正しかった。ヴィールス・インペリウムにとり重要に見え、いずれかの受益者に都合のいいものが、かならずしもコスモクラートの望むものであるとはかぎらない。

タウレクは、ヴィシュナが自分に黙るように要請したのは、ヴィールス・インペリウム内部に深く入りこむためだと思っていた。ところが、とるにたりない理由だったと知り、ひどく驚く。

〈ヴィシュナ！　姉さん！　ヴィールス・インペリウムになにがあったの？〉

〈関わらないで、スリ〉

〈ヴィールス・インペリウムは、なぜ崩壊しつづけるの、ヴィシュナ？　なぜ、無数のちいさな雲に分かれて、テラを繭《まゆ》のようにつつみこんだの？〉

〈気にかける必要はないわ、ゲシール。あなたたちふたりには関係のないこと。これは、わたしだけの問題なの。かならず、どうにかしてみせる。わたしが、ヴィールス・インペリウムを制御するのよ〉

〈もし制御不能だったら……テラとその住民にどのような影響があるの、姉さん？〉

「話は終わり！」ヴィシュナは声に出して叫び、からだをこわばらせた。ふたたび緊張をほぐすと、タウレクに向きなおり、「妹たちからよ！　だれも、ふたりをわたしの一部だとはまったく思わないでしょう。それほど、ふたりとも人間らしくなったわ」

「それは、われわれにもあてはまらないか？」

ヴィシュナは怒ったようにタウレクをにらむと、ふたたびヴィールス・インペリウムに神経を集中させ、会話をつづけた。

「状況が許すかぎり最善をつくすとは、どういう意味なの、ヴィー？」

「わたしはもはや、ヴィールス・インペリウムではありません。もう、部分的再建でさえない」相手がヴィシュナの声で応じた。「ただの断片にすぎません。そのようなものに、どんな存在意義がまだあるというのでしょう。断片として存続することになんの意味もありません。テラのハイパーインポトロニクス、ネーサンでさえ、わたしをはるかにうわまわる。なによりも、ネーサンは使命をはたすことができるのだから。それに対してわたしは、あたえられた使命にもう応えられない。第三の究極の謎に対する答えを見つけることができない。それゆえ、存在資格がありません。暗黒がわたしを完全に抹消していたなら、面倒なことはいっさいなかったでしょう。かつての巨大ヴィールス・インペリウムの断片として、わたしはいま、どうすれば有意義に機能できるのかという問題に直面しています。そして、その解決策を見つけたのです」

「どんな解決策を見つけたにしても、それは間違いよ」ヴィシュナが主張した。

「決心は揺らぎません」ヴィールス・インペリウムが応じた。「もうあともどりはできないのです。なぜなら、これはわたしが意義を見いだせる唯一の行動だから」

「なにを決心したというの、ヴィー？」

「自分自身を銀河系住民への贈り物にします」と、ヴィールス・インペリウム。「ギャラクティカーが望めば、わたしはかれらのものになるでしょう」

「それは自分で決めることはできない。おまえはまだコスモクラートのものだから」ヴィシュナはそう主張したものの、説得力があるようには聞こえない。「おまえがこの宇宙の産物に仕えることを、コスモクラートたちは望まないでしょう。おまえは、いまもなお大きな力を持つかもしれないのだから」

ヴィールス・インペリウムが笑った。ほとんどなにも考えていないような、のんきな笑い声……タウレクには、これは退化の証しに思える。タウレクが崩壊の最後の確証を得たのは、ヴィールス・インペリウムが軽率にもこう告げたときだった。

「わたしには力などありません。状況が許すかぎり、最善をつくします。わたしがこの身を捧げれば、クロノフォシル・テラの活性化がもたらした付随現象とまったく同じことが起きるでしょう。わたしの決意はかたく、撤回は不可能です」

ヴィールス玉座とネット・ホールが徐々に消えはじめた。ヴィシュナはすばやく立ちあがると、タウレクにつづいて《シゼル》に向かう。

「むだだった」ヴィシュナががっかりしていった。「ヴィーにはもう、コスモクラートに対する責任の自覚がまったくない。ひどい状況だわ。とりわけひどいのは、こうなったのがわたしのせいだと人々から思われていること」

「待ってみよう。ヴィールス・インペリウムの行動には、ポジティヴな面もあるかもしれない」タウレクはそう提案し、《シゼル》を発進させた。「重要なのは結局、トリイクル9が定位置におさまり、モラルコードが修復されることだけだ。それが成功すれば、われわれの任務も完了する」

「で、その報酬はなに？」

タウレクは、なにもいわなかった。

＊

当初の公式発表と違い、暗黒エレメントがかなりの被害をもたらした地域は複数あることが明らかとなった。とはいえ、前述のとおり、荒廃地域は限定されるが。

そのうちのひとつが〝レオの幼稚園〟だ。

さらに、テラナー数名が行方不明となった。これもまた、テラのもっとも長い夜の翌日になってようやく明らかとなる。そのほとんどがストロンカー・キーン周辺の前衛騎兵だった。自身のヴィーロチップで暗黒に対する英雄的戦いを買って出た者たちだ。ほかにもネガスフィアからもどらない者がいる。行方不明者リストはまだ不完全なものだと、レオナルド・フラッドは確信していた。それでも、マイクル・トルートレインとフェリー・ドルメシュをリストに追加する気にはなれない。

「むだだったわ」二十四時間にわたる捜索がなんの成果もなく終了したとき、レオの助手で恋人未満のアン・ピアジェがいった。

レオは、それでも希望を完全には捨てていない。ふたりがいなくなった理由はほかにもまだ考えられる。これに希望を託していた。

「スリマヴォと話さなければ」レオはくりかえしいった。「彼女が行方不明者の居どころについてなにも知らないと断言するまでは、捜索願いをとりさげないぞ」

スリマヴォから連絡はなかった。レオのほうからコンタクトをとる手段もない。

「スリは、ヴィールス・インペリウムにかかりきりなのよ」アンがいった。

「それでも、彼女はもどってくると約束した」レオは譲らない。暗黒がやってきたあいだにスリが幼稚園を訪れ、介入して助けようとしたかもしれないと考えているのだ。

一方、テラ被害者の子供たちの施設において、暗黒エレメントが些細《ささい》とはいえない被害をもたらしたこともわかる。ここでよりよい人生スタートのための援助をあたえられるべき生徒たちもまた、いささか損害をこうむった。

暗黒が去ったあと、ゆうに三分の一の生徒が、悪夢のような体験について訴えたもの。

レオが〝ティーチ・ロボ〟と呼ぶ教育ロボットが四六時中、かれらをなだめてまわった。とはいえ、ロボットの半分は故障し、その多数が修理不能になっている。まさに狂ってしまったのだ。レオはロボットのスイッチを切るしかなかった。

そのうえ、百戸ある宿舎の二十戸が居住不可能となった。技術装置だけが破壊されたものもあれば、壁や屋根など被害が全体におよんだものもある。暗黒エレメントにのみこまれたのだ。

レオの幼稚園をとりまく緑地帯はもうない。かわりに不毛地帯がひろがり、草一本さえ見あたらない。これも生徒たちの気分をめいらせた。

それでも、テラがクロノフォシルとして活性化すると、かれらの精神状態は回復した。ペリー・ローダンが非現実的な光をいっぱいに浴びるようすをホログラムで見るのは、あらゆる悪夢からの解放行為となる。さらに、この光からなにかが観衆に飛びうつったようだった。そのあと、かれらが別人のようになったから。

悪夢の記憶は押しのけられ、たちまち、遠い過去の色あせた記憶になる。無言の目撃者としてのこったのは、破壊された環境だけだ。

未知の不可解ななにかに対するいいようのない恐れは消え、べつの感覚に変わった。

「すべてがよくなるわ」アンはそう告げると、まばゆい光につつまれたローダンのホログラムを驚きと深い畏敬の念で見つめる生徒たちの列を、縫うように歩いた。そして、よく口にする言葉をつけくわえる。もっとも、今回はいつもよりずっとはっきりとわかりやすく。「わたしたちは仲間。大きな家族なのよ」

それは、養子として迎えた子供たちに話しかける養母の姿ではない。アンは仲間として語りかけている。

クロノフォシル・テラ活性化の中継が終わり、ニュース番組がほかの時事問題をとりあげたときもまだ、全員の心に連帯感が余韻をのこしていた。

その結果、ティーチ・ロボたちは無為に時をすごすことを余儀なくされた。生徒たちの喧嘩を仲裁するために介入する必要は、一度もなかった。というのも、数時間にわたり、平和的調和がレオの幼稚園を支配したから。

レオはふたたび、だれからも好かれなかったエルトルス人の少年、フェリー・ドルメシュのことを考えずにはいられなかった。スリマヴォがまだ障害のあるアイリスだったとき、彼女に詩を贈ったマイクルのことも。かれらがいまこの共同社会にいなくて残念だ。あの子たちは、どうなったのだろう?

ふたりの運命についてなにか知っているのか、スリ? レオナルド・フラッドは、テラのもっとも長い夜の翌日、夜に向かってたずねた。だが、期待どおりの答えは返ってこない。

ただ、夜はべつの答えを用意していた。

アン・ピアジェが外に出てきて、レオに腕を絡ませ、

「クローン・メイセンハートがたったいま、こういったわ」と、興奮したようすで告げる。「ヴィールス・インペリウムの残骸が無数の雲と化したそうよ。ヴィールス柱すら分解し、地表をはなれようとしている。ヴィールス雲は同じ軌道に集まって……」

レオはアンの手を強く握る。アンは口をつぐんだ。

まるで、とりきめておいた合図がすべてを語ったようだった。もうなにもたずねることはない。

レオは、テラの軌道上でなにが起きているのか、正確には肉眼で追えなかった。両目はただ、ぼやけたなにかをとらえるだけだ。はためく霧のヴェールの向こうで月と星が色あせ、奇妙な雲に変形するのが見える。見えるような気がしたもののうちの多くは、想像の産物にすぎない。それでも、この奔放な空想に身をゆだねた。

なんともいえない感覚だった。まるで、秘めた夢が実現するような気分だ。

アンも手を握り返してきた。彼女も同じ思いだとわかる。すでに長いこと心にいだき、生徒たちにも伝えようとしてきた異郷への憧れが、いま燃えあがっているのだ。

「異郷への憧れは星々への憧れ。メイセンハートがそういっていた」レオの耳にかぼそい声が聞こえた。肩の上に乗る女シガ星人ラリッサだ。この前の二十歳の誕生日以来、彼女は反重力装置をもらい、妨げられることなく巨人の世界で動けるようになっている。

徐々に、ほかの子供たちも集まってきた。全員がテラナーというわけではなく、銀河系諸種族の子供たちもいる。

だれもがそこに立ったまま、空想にふけっていた。やがて、責任感の強いティーチ・ロボが子供たちを駆りたて、眠りにつかせようとする。

生徒たちはためらうが、それでも文句もいわずにしたがった。レオは思った。だれもが、自分やアン同様に感じているにちがいない。ただティーチ・ロボだけが、この感情的経験を知らないのだ。心を持たないロボットだから。

やがて、レオとアンが眠るにはあまりに心を揺さぶられすぎた夜が明けるころ、軌道から無数のヴィールス雲がレオの幼稚園の上に舞いおりてきた。

アンはわずかに驚いたが、レオは笑みを浮かべた。

かれにとっては、ヴィールス・インペリウムが自分のひそかな呼びかけに応じたのだから。それでも、なにか抑圧されるような感覚に襲われる。

これからどうなるんだろう？　レオは不安に思った。

生涯、追いもとめつづけた夢が実現するにあたり、恐れをいだくことはときにあるもの。

レオナルド・フラッドの場合もそうだったのだ。

2

「ペリー、貴重な時間を一分ほどもらえませんか」ホーマー・ガーシュイン・アダムスが声をかけ、行く手をさえぎった。

ペリー・ローダンは《バジス》に移動するため、ハンザ司令部の転送機ホールにまさに足を踏み入れたところだった。ちょうどそのとき、アダムスに捕まったのだ。

「急いでいるのだが、ホーマー」ローダンは宇宙ハンザの経済部チーフを追いはらおうとした。「《バジス》に向かわなければならない」

「承知しています」アダムスが平然といった。「一分だけですから」

ローダンは、あきらめてため息をついた。

「なら、はじめてくれ」

「宇宙ハンザの臨時会議招集に同意してもらいたいのです」アダムスが単刀直入に切りだした。「つまり、ハンザ・スポークスマン三十四名による総会のことですが。総会は、議決に要する定足数を満たさなければなりません。わたしは、みずからを弾劾するしかない。ハンザのあらゆる規約に抵触したも同然ですし……」
「警告者の件なら、とうに許され、みな忘れただろう」ローダンが言葉をさえぎる。
「いまは、ずっと重要な案件がある」
「それは思い違いです、ペリー」経済部チーフがきっぱりいう。ローダンはこのような
アダムスを見たことがない。まるで、身体的欠陥を治癒できる力に鼓舞されたかのよう
に身を引き締めると、曲がった背中を伸ばし、完全にまっすぐに立ってこうつづけた。
「実際、宇宙ハンザの存続と、さらには銀河系全体の運命がかかっている。とりわけ、
宇宙のあらたな世界観も」一瞬、アダムスは力を失ったかのようになり、ふたたび、い
つもの背をまるめた男にもどった。ほとんどとほうにくれたようすで、両手をひろげる。
「この総会はきわめて重要なものなのです、ペリー」
「わかった」ローダンは長く考えることなく、応じた。「総会を開くがいい。ただし、
わたしがまず任務をはたしてからだ。きみも知るように、まだかたづけるべき案件が山
積している」そういって背を向けたが、いわずにはいられないことを思いだした。アダ
ムスにふたたび向きなおると、「すくなくとも、ハンザ・スポークスマンの二名は出席
不可能だ、ホーマー。どうやって総会を開くつもりだ?」
「アトランとジェン・サリクですな。代理のハンザ・スポークスマンを決める必要があ
る」アダムスが感情をあらわさずに応じた。「わたしがどうにかしましょう」

「そうしてくれ」ローダンは告げ、ふたたび相手を一瞥《いちべつ》することなく、去っていく。アダムスが友ふたりの運命よりも、ハンザ・スポークスマン二名の代理のことを考えているのがショックだった。ローダン自身は〝それ〟が見せたヴィジョンでアトランとサリクの死を目撃し、これを克服できずにいるというのに。ふたりが奇蹟的に救出されるという漠然とした望みに一度はすがったものの、ふたたび、自分が最後の深淵の騎士であることを受け入れたのだ。

最近のめまぐるしい出来ごとのせいで、ローダンはアトランとサリクについて考える時間がほとんどなかった。それでも、危険を回避し、クロノフォシル・テラが活性化したいま、追いやられた記憶がものすごい勢いで押しよせる。

できればみずから無限アルマダとともに飛びたかった。たとえ、深淵で行方不明になった友のためになにか手を打てる望みは、もうわずかしかなくとも。だが、自分にはすこしの遅れも許されない任務がもうひとつある。クロノフォシル・エデンIIの活性化だ。

とはいえ、エデンIIはどこにあるのか？

エデンIIの準備をととのえるために〝それ〟により選ばれたエルンスト・エラートは、もどってこない。エデンIIの座標を知るかもしれない唯一の存在だというのに。

エレメントの十戒をようやく打ち破ったとはいえ、問題は山積していた。そこにアダムスがやってきて、宇宙ハンザ総会を開催するよう要求してくる。ローダンにはわからない。なぜアダムスは、現況をまったく理解できないのか。

転送機の準備はととのっていた。あとはただ、熟練チームに最後の微調整をまかせるだけで……次の瞬間、ローダンは《バジス》の転送受け入れ部にいた。

ここにきたのは、無限アルマダに公式に別れを告げるためだった。この別れのセレモニーは、ひとえにメディア向けに用意されたもので、永久保存される。ローダンは、個人的にはすでに無限アルマダに別れを告げていた……アルマダ王子ナコールにも。オルドバンに力を授けられたナコールは、二億光年はなれたベハイニーン銀河まで巨大艦隊を連れもどすことになっている。正確にいえば、ベハイニーンから二百八十万光年はなれた、フロストルービンのもとあった場所に。またローダンは、クメキルとジェルシゲール・アンのほか、シグリド人二千五百名にも別れを告げていた。長いこと《バジス》でともに旅をしたかれらは、ほとんどアルマダ第一七六部隊と同じくらい快適に感じていたようだ。

ローダンはこの機会にふさわしいスピーチを用意した。再度、オルドバンの監視艦隊発足のいきさつに触れ、銀河系船団との邂逅《かいこう》とそこから生じた誤解について述べ、アルマダ工兵の問題について言及し、ローランドレにおいてクロノフォシル活性化が決定されたことと、それにまつわるエレメントの十戒との戦いに話をうつした。そして、最後にこう締めくくる。無限アルマダはふたたび本来の任務にもどり、〝オルドバンの精神とコスモクラートの意志〟にもとづく役割をはたすだろう。オルドバンの監視艦隊は、予定より早い帰還が可能となるにちがいない。というのも、ポルレイターによるトリイクル9の封印が充分にゆるめば、エデンⅡの活性化に無限アルマダの存在はもう必要ではなくなるから。

ローダンは結びの言葉に希望を託した。トリイクル9がモラルコード内の定位置にもどれば、オルドバンの監視艦隊は目的を達成するだろうと。

このスピーチはいくつかの点で、大げさに聞こえた。故意に、いささか誇張した表現を使ったのだ。とはいえ、この手の演説につきものの法則にしたがっただけ。個人的にいうべきことは、すでにナコールに伝えた。握手をしてかれに別れを告げるさい、ローダンは儀礼どおりのことはいわなかった。

「ベハイニーンの手前で再会しよう、ナコール。わたしも《バジス》で可及的すみやかにあとを追う」

「無限アルマダの護衛船として、あなたが《バジス》を派遣するものと思っていたが」

サドレイカル人が応じた。

「《バジス》ではなく、ほかの宇宙船を護衛につけるつもりだ」と、ローダン。

「ベハイニーンの手前で再会しよう、ペリー」最後にナコールがそういい、長いことローダンを見つめる。それからメディア用として、この劇的な出来ごとのために駆けつけたLFTとGAVÖKの派遣代表団メンバーのひとりひとりに別れを告げる。

ナコールが義務をはたして《バジス》をはなれたとき、シグリド人はとうに自分たちのアルマダ部隊にもどっていた。まずローランドレが動きはじめ、これにより無限アルマダが出発し、かみのけ座に向かう。とはいえ、最後のアルマダ部隊が太陽系をはなれるまでは、まだ数日かかるだろう。

放送終了後、クローン・メイセンハートとそのクルーが機材のあとかたづけに追われているあいだに、ローダンは決心した。ゲシールを連れてこの場を立ち去り、ふたりきりでまったく個人的なことを話し合おう。二週間前に彼女から打ち明けられたことが、宇宙的な混乱に劣らず、気になってしかたない。これまで、それについてゲシールとおちついて話す機会はなかった。ところが、いまもジュリアン・ティフラーとガルブレイス・デイトンの出現によって、また計画がじゃまされた。ちょうどローダンがゲシールに向きなおろうとしたとき、突然、首席テラナーと保安部チーフが目の前にあらわれたのだ。

「ホーマーがたのみごとをしませんでしたか、ペリー？」ティフラーがたずねる。

「したとも」ローダンは肯定したが、ゲシールの姿を見失ってがっかりする。「ただ、わたしには、そのようなことに意味があるようには思えない。宇宙ハンザ総会を必要とするような、どんな重要案件があるというのか？」

「ホーマーは爆弾をかかえているようです」と、ガルブレイス・デイトン。「非常に怪しい動きをしています。きっと、とんでもない策略があるにちがいない」

「どのような策略だ?」ローダンが驚いたようにいう。謎めいた暗示ではなく、むしろはっきりした言葉でいってもらいたいものだ。

「ホーマーは、総会ではじめて手の内を見せるつもりでしょう」と、ティフラー。「とはいえ、警告者に関係があるにちがいない。ホーマーの役割が非常に疑わしく見えるいくつかのことがあるのです。いずれにせよ、独断的行動がいささか目につきます」

「それゆえ、ホーマーは自己断罪しようとしている」ローダンがさえぎった。「それでも、ティフ、それがどうしたというのだ? われわれには、もうすでに充分すぎるほどの問題があるではないか? ヴィールス・インペリウムの残骸がどうなるかは、宇宙ハンザにおける覇権争いよりもずっと重要に思えるが」

ジュリアン・ティフラーは、いささかがっかりしたようすで、

「てっきり、ホーマーがあなたに計画の内容を知らせるものと思っていました」と、告げる。「なにをたくらんでいるのか、知りたいのですが」

「われわれ、たがいに不信感をいだくところまできたのか?」ローダンが訊いた。

「事実があって……」ガルブレイス・デイトンが口を開いたが、ローダンは最後までいわせない。もうたくさんだ。

「ルナに向かい、無限アルマダの護衛船を見送らなければ」と、告げると、すぐにその場をはなれた。

＊

《ソル》はメタグラヴ・エンジン装着後、すでに一年以上前にテスト飛行をすませている。現在は、はじめての大規模点検を受けるため、ルナの造船工廠《こうしょう》にもどっていた。ローダンが報告を受けているかぎり、これまでの飛行で技術的問題はまったくなかったようだ。つまり、予定されているオーヴァホールは、ただの予防的な定期処置にすぎない。ブレザー・ファドンは、《ソル》がいつでも出動可能だと保証した。乗員の問題もない。クラン人の撤退後、とうに一万名まで増員されていたから。

ローダンには、無限アルマダの護衛船として《ソル》以上にふさわしい船は思いつかなかった。その計画を艦長たちに話すために向かったところ、ブレザー・ファドンは感激しながら、すぐに同意をしめし、こうつけくわえたもの。

「濃淡グリーンもよろこぶでしょう」

カプセル光線族の濃淡グリーンはアルマダ種族に属すが、助言者として《ソル》にはすでに欠かせない存在となっていた。《ソル》が無限アルマダを護衛するなら、彼女はアルマダ部隊に最終的にもどらなくとも、さらに船内にとどまることが可能となる。

「いつでも出発できます」ブレザー・ファドンが保証した。この筋骨隆々のたくましいベッチデ人は、とうにテラへの憧れをしずめ、はるかなる未知へのあらたな冒険のチャンスに大よろこびで飛びついた。ほかの乗員もこの出動を歓迎し、四十八時間以内に出発準備がととのうと確約したもの。

ただ《ソルセル＝2》艦長サーフォ・マラガンだけが難色をしめした。からだの調子はおよそ良好とはいえないのに、相互接続したスプーディ塊とはなれることをかたくなに拒否したのだ。ひょっとしたら、ひとえにファドンに対する抗議からスプーディに固《こ》執《しっ》するのかもしれない。というのも、ふたりのあいだには、共通の友スカウティの件で、いまだに心的葛藤がくすぶっていたから。

それでも、ローダンはこういった個人的問題に干渉するつもりはなかった。それがライヴァル同士の協力を危険にさらすことはないだろう。

《ソル》の出発準備がととのったことを疑う理由は、ローダンにはひとつもなかった。中央本体の転送機に実体化したとたん、いつものあわただしさにつつまれた。

「技術的問題は？」と、転送機技師にたずねてみる。

「ありません」と、技師は応じ、「マラガンが問題をかかえているのは知っていますが」

ローダンは《ソルセル＝2》に転送してもらおうかと思ったが、当初の計画のまま、中央本体の主司令室に向かった。とはいえ、そこに指揮官の姿はなく、ただ見知らぬ顔があるばかり。すると、ひとりの小柄で上品な女の姿に気づいた。以前、ブレザー・ファドンから紹介されたことがある。

ヘレン・アルメーラという名前だ。コルヴェットの乗員で、出撃のさいはファドンのチームで働いていた。もっとも、古参メンバーではなく、ヴァルンハーゲル・ギンスト宙域からの帰還後にチームにくわわったばかりだが。モニターつきの操縦エレメントの前で、こちらに背を向けて立っている。ローダンは背後から近づき、声をかけた。

「サーフォ・マラガンはどうした？」

上品な女乗員は、ローダンの声を聞いても、驚いたようすも見せず、応じた。

「サーフォはスプーディのせいで、死ぬかもしれません。容態が急に悪くなったようです」

「ペリー・ローダン？」黒髪のファドンの若々しい顔がモニターにあらわれた。「スプーディ塊がサーフォからはなれたのです、あっさりと。われわれには阻止できませんでした。そのうえ、スプーディが分解しました。われわれ、スプーディが《ソル》からはなれていくにまかせるしかありません。これは、どういうことでしょう？」

「マラガンのようすはどうだ？」ローダンが訊いた。

「すでに命はとりとめましたが」ファドンが、興奮でほとんど裏返りそうな高い声で叫んだ。友のことが心配で、感情をおさえようともしていない。「どうしてこのような事態になったのでしょう？」サーフォはうわごとをいい、わたしを非難しています。とは

いえ、誓っていいますが、わたしのせいではありません」

「もちろん、きみのせいではない」ローダンが応じた。「スプーディの行動に対して考えられる説明はただひとつだけ。ヴィールス・インペリウムで構成されている。ヴィールスはその名のとおり、ヴィールス・インペリウムのもともとの構成要素だ。ところが、ヴィールス・インペリウムは無数の雲と化している。その理由は、いまだわからない。

それでも、スプーディが命令インパルスを受けて、その強制により、同様に分散したと考えられる。遺憾ながら、ほかに説明がつかないのだ。だが、そうにちがいない」

「サーフォがこれに耐えられればいいのですが」ファドンがおぼつかないようすでいい、こうつけくわえる。「わたしが、うまくかれに説明します。《ソル》については、なにも変わりません。出動準備はととのっています。サーフォもいっしょです。いつ、出発しましょうか？」

「セネカが出発許可を出したらすぐに」ローダンがきっぱりと告げた。

ブレザー・ファドンは、ほっとしたように笑った。サーフォ・マラガンについてまだなにかいおうとしたが、ローダンは聞いていなかった。ヘレン・アルメーラに注意をそらされたのだ。

「あそこを！」彼女は叫び、モニターをさししめした。「スプーディです。《ソル》を出て、さらにルナからもはなれていきます。もうほとんどのこっていません」

それはもはや、スプーディ塊には見えなかった。長さ二センチメートルの無数のヴィールス・マシンでできた塊りが、拡散した霧のようなものになり、信じがたいほどの速さで月面からはなれていく。

「テラに向かっています」ヘレン・アルメーラがきっぱりといい、ローダンを見つめた。「あなたのいったとおり、スプーディはヴィールス・インペリウムにもどろうとしている。だとすると……どうなるのでしょう？」

「わたしもそれを知りたいものだ」ローダンはそう告げ、《バジス》にもどることにした。こんどこそ、個人的用件をかたづけよう。

ところが、《バジス》にもどったとたん、宇宙ハンザの総会日時が決まったという知らせがとどいた。ホーマー・G・アダムスはすでに、アトランとジェン・サリクの代理を見つけていた。アーノルド・シュワルツとトルン・アクシアムという名で、あとは宣誓をのこすのみらしい。

ローダンは、ふたりの任命式のさい、皮肉をいわずにはいられなかった。

＊

ソルマン・パテルモは、絵本に描かれるような典型的なスプリンガーだ。大兵肥満《だいひょう》で、身長二メートル以上。胴まわりは、恰幅のいい人間の男ふたりぶんある。三人ぶんの怪力に、四人ぶんの食欲。気性は短気な男六人ぶんに相当する、騒がしい無頼漢だ。顔一面をおおう真っ赤な髭《ひげ》同様に、真っ赤なたてがみのような髪を三つ編みにしていた。ものの考えかたは、銀河商人がまだリニア・エンジンを持たず、目的地から目的地へ遷移船で〝ジャンプ〟していた時代の遺物である。ソルマン・パテルモは、どこまでも族長だった！《パト＝プラマー》内では、かれの言葉が法律。これを守らない者は、とんでもない驚きを経験することになる。だが、寛大にふるまうことも多い。ソルマンは見かけによらず、優しい心の持ち主なのだ。換言すれば、その言葉が氏族のなかでいつも真剣に受けとられるわけではないということ。

とはいえ、族長がいかなる反論も許さなかったことがある。ルスマ星系にやってきた無限アルマダ部隊に随行して太陽系に向かうと命じたときだ。氏族からのあらゆる抵抗に対して自分の意志を押し通し、どんなもっともらしい論拠も認めようとしなかった。

とりわけ、いちばん下の妹リッタの夫である首席エンジニアのノルク・スタブロ＝パテルモに対してはきびしい態度をとった。義弟ノルクはこう主張したもの。

「それは自殺行為です、ソルマン。われわれの老朽化したエンジンでは、最初のリニア飛行さえこなせない。そのうえ、太陽系まで三万四千光年もあるのですから」

「無限アルマダが呼ぶ声が聞こえないのか、たわけ者?」ソルマンが反論した。「われわれは、あとについていかなければ。われわれの故郷星系を守ってくれたアルマダ部隊を、命にかけても護衛するのだ。とはいえ、アルマディストがいれば命がけにはならないだろう。かれらは、誠実なる護衛の価値をよく知っている。必要とあれば、グーン・ブロックで助けてくれるにちがいない」

グーン・ブロックの装備を技術的にどうとらえているのかと、偏屈な義弟に質問され、ソルマンは軽蔑するように非難した。族長は意志を押し通したのだ。氏族はアルマディストの援助なしで太陽系までは到達したが、ここが終着点となった。《パト=プラマー》はみずからの力では、もう一メートルも進めないだろう。というのも、太陽系内を往来するうち、通常エンジンもまた、すぐに燃えつきてしまうから。転子状船はもはや操縦不可能で、あちこちに押し流されるばかりだ。あるときは、危険なほど接近してきたブルー族の一円盤艦に、誘導ビームで突きはなしてもらう。またあるときは、衝突コースを進んできた一アルコン船に、牽引ビームでわきにほうりだしてもらう。ソルマンは何度となく、よりいい状態の宇宙船の指揮官の情に訴え、似たような方法で、望むポジション近くに自船を押しだしてもらった……テラに向かって。いまではテラの重力によって、《パト=プラマー》はさらにゴールに近づいていく。

テラの宇宙ステーションは暗黒エレメントに襲われる直前、地球から距離をとるよう

《パト＝プラマー》に呼びかけた。すべてをのみこむ暗黒のおかげで、ソルマンは船が操縦不能なことを白状せずにすんだもの。

ところがいま、宇宙ステーションのしつこい指揮官がふたたび連絡をよこし、テラからはなれるよう要請してくる。

まさにその瞬間、クロノフォシル・テラが活性化した。ヴィールス・インペリウムの残骸が、霧のような雲としてテラ上空に出現。

「いまなにが起きているかわからないのか、冷酷な犬め！」ソルマンは罵倒するが、映像通信で宇宙ステーションの指揮官を呼びだしたときは、はるかに愛想のいい口調になり、「わからないようだな、兄弟。そう、あえて兄弟と呼ぼう。われわれ全員、兄弟なのだから。きみは、あれを感じないのか？」

「われわれ、たがいに強情を張り合う理由はない」宇宙ステーションの指揮官が応じた。「そちらが指定された軌道に向かわないのなら、追いたてるまでだ」

《パト＝プラマー》船内では、だれもがそれを感じていた。まるで、ヴィールス雲から無言のメッセージがとどくかのようだ。それにより、ソルマンの第三の目が開いた。第三の目があれば宇宙の未知の深淵を、はるかなる銀河を、まだギャラクティカーが行ったことのない宙域を眺めることができる。そこまで行きたいものだ。

氏族メンバーのだれもが同じように感じたにちがいない。そうソルマンは確信した。

ただ、冷静な義弟だけがこう訊いてきた。

「これからどうするつもりです？　どうやって先に進むので？」

「どうやって先に進むだって？」ソルマンがそっくりそのまま、くりかえした。感情が

ふたたび爆発する。「このうえなく、おろかな質問だな。はるかなる星々を征服するた

めに、出かけるまでだ！」

宇宙ステーションの指揮官はいったとおりに誘導ビームを送り、《パト＝プラマー》

をとらえて固定した。ソルマンは、これを隣人愛による慈善活動ととらえ、希望するコ

ースデータを宇宙ステーションに送る。ところが、相手はこの要望に請求書で応えてき

た。

誘導ビーム代として五千四百三十三ギャラクス。

誘導ビームが船を、脱脂綿のように漂うヴィールス雲からさらに遠ざけていく。それ

でもソルマンは、よくわからなかったにちがいない。こう苦情をいった。

「やめてくれ、兄弟！　われわれ、まったく逆の方向に進みたいのだ。わが船は操縦不

能で、自力ではヴィールス雲に近づけない」

「まさにそのヴィールス雲のせいで、きみたちは危険なんだ」簡潔な返答があった。

「強制退去費用をはらうことができないなら、待避線に押しやるぞ」

ソルマン・パテルモは打ちひしがれた。異郷への憧れが強まっていくのを感じる。聞

こえざる声が、未知宇宙の深淵で氏族を待ち受けるあらゆる驚異を賞讃し、さらにこの

憧れをかきたてた。ソルマンは夢想する。パテルモ氏族が銀河間交易機構の創設者となり……

……ところが、《パト＝プラマー》はヴィールス雲からますます遠ざかる。ほかの宇宙船は、光に群がる蛾のごとく引きつけられていくのに。ソルマンは、テラとヴィールス雲がますます遠ざかっていくのを見つめ、禁断症状のような苦しみを感じた。氏族のだれもがともに苦しんだ。

「ヴィールス雲は、われらの問題すべての解決策となったであろう」ソルマンが確信に満ちていう。「それだけで、われらをあらゆる懸念から解放するのに充分だった」

なぜ、これほど確信が持てるのかわからない。それでも頭のなかに、ソルマンが理解できる言語でささやく声がまだ聞こえる。〝星々が誘うなら、旅立つのだ！〟

ヴィールス雲はもうほとんど確認できないが、ささやく声はやまない。誘導ビームがとだえ、《パト＝プラマー》は自由落下でテラからはなれていく。太陽系のはずれ、ルナ軌道の向こう側に整列するアルマダ部隊のいずれかに向かって。いつか船がアルマダ部隊に遭遇すれば、屈辱的なゲームがふたたび一からはじまり、《パト＝プラマー》はありとあらゆるエネルギーに翻弄《ほんろう》されるだろう。

ところがそのとき、予想外の出来ごとが起きた。よりにもよって、役たたずの義弟ノルクが注意を喚起したのだ。

「見てください！　ヴィールス雲がこちらを追ってくる」

実際、そうだった。ヴィールス雲はたちまち近づくと、転子状船とわずかな距離をたもち、速度を合わせたのだ。

「あれこそ、われわれの救いだ！」そう気づいたソルマンは、ほとんど泣きそうなほど感動をおぼえた。「船を引きはらい、ヴィールス雲に移住する。船にしっかり固定されているもの以外はすべて持っていく。アンポル、この船をスクラップにするのにいくらかかるか、計算してくれ。その金額を置いていき、誘導ビーム代は免除してもらおう」

同胞のなかには、ソルマンがとうとう正気を失ったと主張する者も複数いた。それでも族長は、ヴィールス雲が同胞のだれにとっても救いになるといって譲らない。

「なぜ、それほど正確にわかるのです？」と、訊かれてソルマンは答えたもの。

「ヴィールス雲がそう告げたのだ。雲が、こちらにこいとわれわれを招いている。好きなように使うがいいと。わたしのほかに、だれもこれが聞こえないのか？」

ソルマン・パテルモが全員を説得することはできなかったものの、氏族はまとまって族長とともに、家財道具をいっさいがっさいヴィールス雲に運びこんだ。

3

ホーマー・ガーシュイン・アダムスは、人生における最難関にそなえた。この処置をとるべきか、長く考えたもの。いまや、あらゆる疑念は払拭《ふっしょく》された。もう、あともどりはできない。決定をくだしたからには、すべきことをするしかない。宇宙ハンザの役にたつのだから！

自分が前面にしゃしゃりでてしまったのではないかと、いまだに気にしていた。そもそも、生来の内気さが最大の障害だった。それでもアダムスには、自信と行動力に満ちあふれたよき助言者がいる。その手を借り、柄にもない行動に出たのだ。

ホーマー・アダムスは二千年以上にわたり、もっぱらやりくり上手として通っていた。銀河系におけるもっとも有名な男のひとりだ。その名はあらゆる世界にとどろき、その才能は慣用句になるくらいだれもが知る。〝ホーマーのように倹約しろ！〟、〝けちなガーシュイン！〟、〝驚くべきホーマー的価値の増加〟などのいいまわしが、銀河系のあらゆる言語で用いられていた……その起源を知らずに使われることもまれではない。

かれは自分の地位の価値を知っていた。とはいえ、これを利用したことは一度もない。つねに遠慮がちで、内気でひかえめな性格は生まれつきだ。おそらく、外見のせいかもしれない。

アダムスは、およそ魅力的でも、りっぱでもない。まちがいなく、輝くばかりの人格の持ち主でもなく、カリスマ性もない。

背中には瘤《こぶ》があり、大きすぎる頭にブロンドのまばらな髪と淡青色の目。猫背で、脚も曲がっている。いまさら、それが問題なのではない。すでに二千年前から、外見は重要ではなかった。しかし、それは人生のもっとも傷つきやすい時期に影響をあたえた。すなわち子供時代のこと。瘤のあるアダムスは、子供時代の経験が人格に決定的な影響をあたえたと思っている。それゆえ気が弱く、内向的で近よりがたく、ひかえめになったのだ。能力をひけらかしたり、才能と貢献にかこつけて特別待遇を要求しようとしたことは一度もない。自分のできること、自分に向いていることをした。自分が比類なき才能に恵まれていると知っただけで充分だ。満足しているし、幸せだった。

財政政策こそ、かれの人生なのだ。

すでに、第三勢力時代もそうだった。一九七二年当時、ジェネラル・コズミック・カンパニーを設立したもの。第三勢力の資金提供のための経済帝国だ。これがなければ、ペリー・ローダンがテラの宇宙航行産業を築くことはできなかっただろう。アダムスがこれを支援した。

のちに、太陽系帝国が銀河系の大きな経済ファクターとなったのは、経済財務相としてのアダムスの卓越した政策のおかげだった。銀河系におけるナンバーワンの経済大国となったのだ。アダムスがこのような序列を自分のために要求したわけではない。

ひょっとしたら、まさにそれゆえアフィリー下のテラ時代をぶじに耐えぬけたのだろう。ひかえめな性格のおかげで、心のバランスをたもてたということ。到達不可能なゴールに向かって突き進むこともなく、したがって落胆することもなかった。

こうした人生哲学ゆえに、当初は〝この一歩〟を踏みだすことを恐れたもの。それはリスクを冒して敗北を喫することに対する恐れだった。きっと、このような危険に自発的に乗りだすことはなかったにちがいない。だが、アダムスには助言者がいる。その言葉に勇気を授かった。そのうえ、〝生きのこるために重要な〟理由があったのだ。前進し、要求するための理由が。

あとから考えてみれば、たしかにあの件により特殊な活力が生まれ、第一歩を踏みだしたあと、さらに進まざるをえなかったと認めなければならない。結局、策略の渦にみずから巻きこまれ、あともどりできなくなったのだ。

それでも後悔はまったくない。

自分には最良の計画があるだけ。ただ、その実現のために用いた方法は合法ぎりぎりで、すでにほとんど犯罪といえよう。

しかし、ときに目的は手段を正当化する。この件では、完全に確信して行動していた。助言者がいったように考えなければならない。かれはこういった。

「きみが医師で、瀕死の患者がいたなら、患者を治癒するためにあらゆる手をつくすはず。宇宙ハンザはきみにとり、瀕死の患者なのだ、ガーシュイン」

これは、ものごとの核心をついていた。宇宙ハンザは本来の使命、つまりネガティヴ超越知性体セト＝アポフィスを阻止するという使命を失ったのち、かろうじて存在するだけだった。アダムスはすくなくとも経済部チーフとしてそう見ていたが、いずれにせよ、ほかの人々にとっては見通しがつかない。とはいえ、これに関しアダムスはひとりきりではなく、若い専門家たちを周囲に集め、定期的に会合を開いていた。かれらは経済部チーフに全幅《ぜんぷく》の信頼をよせ、アダムスのためには水火も辞さない。そのうち三名の名前をあげるとすれば、たとえばセレステ・マラニタレス、パトリシア・コルメト、ティモ・ポランテだ。

結局、アダムスの懸念はただひとつ、いまが大ばくちに適したタイミングかどうかということ。だが、助言者は、アダムスの懸念を払拭するすべを知っていた。

「銀河系全体が星々への憧れでいっぱいだ。きみと宇宙ハンザは、かれらに、宇宙を征服する可能性をあたえた。もしわたしが星々への憧れに悩まされていたなら、わが友よ、それをあたえてくれたお礼に、きみの両手にキスしたいくらいだ」

これで最後の不安も取りのぞかれ、アダムスは正面攻撃にうつった。とはいえ、この決断は容易なものではない。厄介な紆余《うよ》曲折の長い道のりをへて、起こりうるすべての反発と、自分自身という手ごわい相手を乗りこえたのだ。疑惑と悩ましい疑問にあふれた長い時間があり、突然の後退と敗北の刻印がはっきりと見てとれ、アダムスは地獄を突き進むことになった。だが、おそらくこの試練は、自分を鍛え、この行動に必要な自信を得るために必要なものだったのだろう。

ホーマー・ガーシュイン・アダムスは、その時間をもう一度思い起こしてみる。

＊

すべては、三カ月前、去年の十一月はじめにはじまった。

銀河イーストサイドでは、クロノフォシル・ガタスをめぐる戦いがクライマックスを迎えようとしていた。銀河系の部隊は、エレメントの十戒に対し、いくらかの戦果をあげたものの、やがてマイナス宇宙から冷たい群れが出現した。この状況において悲劇的だったのは、それが銀河系諸種族の生物だったこと。かれらは冷気エレメントによりマイナス宇宙に連れ去られ、そこに適応させられたため、この宇宙ではもう生存不可能な冷気生物となってもどってきた。かれらの基地は冷気惑星チョルトであり、ガタスは

〝苦痛の源〟だった。この宇宙における命を冷気生物に授けた惑星が、かれらにとってはあらゆる地獄の苦しみのもとになったのだ。

その影響により、ガタス自体はいまにも氷惑星と化しそうになる。つまり、反クロノフォシルに。トリイクル9のもとの場所への帰還と、それにともなうモラルコードの修復は風前の灯《ともしび》となった……すでに以前にも数回そうなったように。

これらの出来ごとに、アダムス自身は多かれすくなかれ、片手間に携わるだけだった。クロノフォシルは管轄外で、ほかにその面倒をみる者たちが充分にいるから。だが、宇宙ハンザのために尽力する唯一の人物は、自分なのだ。ネーサンとともに！

そのころは、アダムスとネーサンが宇宙ハンザそのものだった。ロナルド・テケナー、ロワ・ダントン、ジェフリー・アベル・ワリンジャー、プラット・モントマノール、ジェニファー・ティロン、イルミナ・コチストワ、アトランやジェン・サリクなど、ほとんどのハンザ・スポークスマンが長期不在中あるいは遠方任務についている。これでは総会の招集も重要事項の決定もままならない。アダムスは最善をつくしたが、ひとりではどうしようもなかった。

あらゆる大規模計画が実行されることなく、ネーサンのなかに保存されたままだ。マゼラン星雲、ちょうこくしつ座、ろ座、局部銀河群のほかの銀河にハンザ・キャラバンを派遣するという計画も、頓挫している。

さらに、もはやこの交易機構にあたえられた〝それ〟からの任務がない現在、宇宙ハンザは規模を拡張すべきだろう。経済的観点からすれば、すでに緊急にそうする必要がある。利益をあげるどころか、混沌の勢力と戦わなければならなかったのだから。

宇宙ハンザがコスモクラートに対しても義務を負うという規約は、どこにも見あたらないのに。

アダムスはいくつかの主導権を握っていたものの、しかるべき代表権がないため、可能だとしても、せいぜい数年後に成果が出るような小規模活動しかできなかった。

それには、《ツナミ101》から《ツナミ120》を偵察飛行に派遣したこともふくまれる。ただ、その目的は〝新市場の調査〟で、ここに非常に重点がおかれたため、多くを期待できなかった。

そして、NGZ四二八年十一月。決定的な日が訪れ、大きな変化がもたらされる。

アダムスはこのとき、セレステ・マラニタレス、パトリシア・コルメト、ティモ・ポランテのハンザ・スポークスマン三名とともにスチールヤードにいた。そのとき、通信連絡を受けたのだ。

「ホーマー・アダムス宛てに暗号化された通信です」と、ネーサンが告げる。

アダムスは、たいして期待していなかった。だが、コードを解読すると、興味が湧いた。通信は《ツナミ114》からきたものだ。《ツナミ113》とペアを組むこの艦は、アダムスが数カ月前に偵察飛行に派遣したグループに属する。

「つないでくれ」と、アダムス。ネーサンが接続を確立させると、すぐにスピーカーから音がした。雑音によってひずんだ声が聞こえる。

「こちら《ツナミ114》。ホーマー・ガーシュイン・アダムス、応答願う……ガーシュイン・アダムス、こちら《ツナミ114》……」

「聞いているぞ」と、アダムス。すでに《ツナミ113》と《ツナミ114》についての全データを呼びだし、モニターにうつしだしてある。このツナミ・ペアは、マゼラン星雲に向かったのちに百万光年の境界をこえ、さらに遠い宇宙へと突き進んでいた。ネーサンが乗員リストもそろえる。

「こちらホーマー・ガーシュイン・アダムス」宇宙ハンザの経済部チーフは名乗った。「ジャン・ヴァン・フリート艦長、きみたちはどこにいる？　全員、元気か？　なにか報告することはあるか？」

異常なほど、長い間があいた。アダムスは再度、これがハイパーカム通信であることをたしかめる。この時間を使い、ネーサンに対する質問を入力すると、たちまち答えがモニターにうつしだされた。通信シグナルは小惑星帯から発信されたものだ。

「ジャン、なぜ小惑星帯にかくれている？」アダムスがたずねた。

「わたしは艦長ではない」こんどは、すぐに応答があった。「ジャン・ヴァン・フリートは行方不明だ。わたしは乗員でもない。艦内には、わたしひとりきりだ」

アダムスは一瞬、硬直し、言葉を失った。異人がふたたび話しはじめたとき、通信が明瞭になり、アダムスは奇妙なアクセントを聞きとった。異人はこう告げた。

「わたしは無人の艦を見つけたのだ。乗員がどうなったかは、まったくわからない。とはいえ、状況はよくなさそうだ。艦内はかなり荒れている」

「きみはだれだ？」

「ソト＝タル・ケルと、呼ばれている。情報が不充分で、きみはわたしに関するイメージを得られないかもしれないが」

「ならば、映像を送ってもらいたい」

「承知した」と、異人。「これから映像スイッチを入れるが、すぐに接続を切るつもりだ。わたしはたしかに、きみたちテラナーがいうヒューマノイドだが、人間ではないし、この銀河系出身の生物でもない。それゆえ、きわめて慎重にならなければ。きみたちの時間換算で一時間後、ふたたび連絡する。だが、どうか、わたしの姿を見てもなにもしないでもらいたい。見えるか？　これがわたしだ！」

スクリーンには、髪の毛のない頭と、目、鼻、口、耳が正しく配置された、完全に人間の顔があらわれた。官能的な唇を持つ幅のひろい口が、親しげな笑みを浮かべている。全体的にやや幅がひろい顔は、粗野な感じがする。眉毛がないことと、引っこんだ額のせいだろう。

「接続を切る前に、もうひとつ質問に答えてもらいたい」と、アダムス。「どうして、きみは、よりによってわたしに接触してきたのか？」

「艦載コンピュータがきみをコンタクト相手として選びだしたのだ」異人が応じた。

「そして、すぐに通信コードも教えてくれた」

「で、《ツナミ113》はどこだ？」アダムスがすばやくたずねた。

「それは、すでにふたつめの質問だな」異人が笑みを浮かべながらいった。「だが、正直にいえば、わたしが見つけたのはこの艦だけだ。では、一時間後にまた！」

スクリーンが暗くなり、通信が切れた。

アダムスにとり、人生でもっとも長い一時間がはじまった。

もちろん、まず考えられるのは、エレメントの十戒が《ツナミ114》を拿捕《だほ》したということ。あの異人は〝ソト＝タル・ケル〟に化けた仮面エレメント、あるいはカッツェンカットかもしれないのだ。

アダムスはハンザ・スポークスマン三名と話し合い、ネーサンにもたずねた。最初の予測ではまだ、指揮エレメントが関係しているという高い蓋然性がしめされた。

とはいえ、これに関してさまざまな矛盾もある。しかるべき数の仮面エレメントで《ツナミ114》の乗員全員になりかわることができたのではないか。きっとそのほうが、単独で挑むよりも容易だったにちがいない。なぜ、カッツェンカットは、未知種族の一員をよそおうという面倒なことをする必要があるのか？　そのうえ、どうやらツナミ艦は襲われたようだ。これが嘘であるなら、非常にこみいった嘘というもの。

突きつめていくうちに、エレメントの十戒のしわざである可能性はますます低くなる。とはいえ、この可能性を完全に除外することはできない。アダムスはまずは慎重にふるまい、すぐにはガルブレイス・デイトンを呼びださないことにした。

より重要な案件からデイトンの気をそらせたくないことはべつとして、ほかにも一連の正当な理由があった。実際にソト＝タル・ケルが未知の宇宙航行種族の代表者であるなら、宇宙ハンザにとって格好のチャンスとなる。これが理由のひとつだ。

この観点にしたがい、アダムスは戦略と交渉術を展開するつもりだった。

*

一時間後、ソト＝タル・ケルがふたたび連絡してきた。こんどは、はばかることなく映像スイッチも入れたようだ。幅広の粗野な顔が、好感をおぼえる笑みをたたえる。

異人は前置きもせず、いった。

「どうか、かくしだてなく正直に答えてもらいたい、ホーマー・ガーシュイン・アダムス。きみは、わたしを裏切ったのか？」

「裏切りなどありえない」アダムスが不快そうに応じた。「きみについてなにも知らないのだ。きみが名乗ったとおりの者であるか、どうしてわたしに確信できようか。で、実際にきみはだれなのだ？」

「名誉にかけて誓うが、わたしはカッツェンカットともそのエレメントとも、なんの関係もないし、混沌の勢力の味方でもない」異人はことさら真剣に告げ、言葉に特別な重みをあたえた。

「では、なぜ、きみは事情をそれほどよく知っている？」アダムスがたずねた。

「調べたのだ」異人は答え、からかうような笑みを浮かべた。熟年の顔がまるでいたずらっ子のように見える。「きみたちの技術を学び、ツナミ艦の操縦を習得した。ATGもコントラ・コンピュータも、まったくうまくあつかえる。艦載コンピュータから、銀河系とテラナーについて知るべき価値のある情報をとりだした。利用可能なあらゆる資料に目を通し、ヒュプノ学習装置できみたちの言語を完璧に習得し、チームメンバーそれぞれの個人情報も入手ずみだ。銀河系の緊迫した状況についても、宇宙ハンザの厄介な状況についてもいくらか把握した……この問題については、あとでまた話そう！

銀河系におけるコスモクラートと混沌の勢力の力くらべについても承知している。この数カ月の進展について知らなかったことは、ここへ到着後に消化した。驚いたことに……そして失望したことに……問題はいまだ解決されていない。銀河系の状況がこれほどまで切迫していたら、わたしは不快な状況に追いこまれる。異人として両前線のあいだに立ち、あらゆる勢力から敵として見られることになるから。間の悪いときにきてしまったのはわかっている。それでも、わたしが選んだわけじゃない。もちろん、このまま引き返し、のちほど再訪してもかまわない。そのときまでに、きみたちが問題を解決していると願いながら。だが、そうすれば非常に価値ある時間が失われてしまうだろう……その場合、接触をはかるのにまだ手遅れではないと、だれにわかるものか」

アダムスは異人の言葉に注意深く耳をかたむけるあいだ、その表情に見とれていた。ソト＝タル・ケルは、じつに表情豊かな顔をする。これがただのつくり話で、この人格がただのなりすましだとしたら、かなりの演技派だ。

アダムスがいまだに口をはさまないので、異人は話しつづけた。

「現況は耐えがたいものだ。小惑星帯では、ATGがあっても安全とは思えないし……さらにほかのツナミ艦もある。もう、かくれんぼにはうんざりだ。とはいえ、わたしはかくれ場を必要としている。手を貸してもらえないか、ガーシュイン・アダムス」

「どうやって？」アダムスが応じた。「わたしには、清廉潔白ではない異人をかくまう力はない。決定権がないのだ。わたしはただの……」

「きみは宇宙ハンザではないか！」

異人があまりに強く確信的に訴えかけたため、ほとんどアダムス自身もそう信じそうになる。笑い飛ばしたものの、異人の言葉は徐々に効果を発揮した。わたしは宇宙ハンザだ！　もちろんばかげているが、まったくの嘘でもない。わたしは権力をもとめたことなど一度もないのだから、この表現は正確とはいえないが、その一方でまた、自分は完全に宇宙ハンザのうしろだてとなる唯一の人物なのだ。

「わたしひとりでは決定できない」アダムスが語気を強めた。「わたしには、その手段も権限もない。それでも、きみに保証するのは……」

「手段ならあるではないか、ガーシュイン・アダムス」異人がきびしい表情でさえぎる。だが、発言権をとりもどすと、ふたたび笑みを浮かべた。「きみにはネーサンとスチールヤードがある。そこにわたしをかくまってくれ。あるいは、隔離すればいい……そういったほうがよければ。わたしはきみに身をゆだねる覚悟がある。とはいえ、きみだけにだ。わたしが信じるのはあくまできみ個人であり、きみの種族の管理機構ではない。わかるか、わが友よ？　わが運命をきみの手にゆだねよう。そうすれば、隔離のあいだにわたしの腹の内を探ることもできる。どうするか即決してもらいたい」

「腹の内というが、そもそもきみにそのような臓器があるのか？」アダムスがたずねた。

異人は笑みを浮かべ、

「きみはユーモアがあるのだな。気にいったよ、ガーシュイン・アダムス」と、目をしばたたく。

「なぜ、きみはこのようなふるまいをする？」アダムスはうわべこそ冷静にたずねたものの、実際、異人に共感をおぼえはじめた。ただ、良心のためにもっともらしい理屈というか、弁明が必要なだけだ。「なぜ、そのような危険を冒すのだ？」

「きみと友になりたいのだ、ガーシュイン・アダムス」と、ソト＝タル・ケル。「きみの種族とも友好関係を結びたい。わたしはこの友情を育《はぐく》むために、四千万光年を旅してきた」

アダムスは折れた。ひとつだけ、条件をつける。

「もうガーシュイン・アダムスとは呼ばないでもらいたい、ソト＝タル・ケル」

「了解だ、わが友……ガーシュイン」

＊

実際、気づかれることなくこの異人をルナのスチールヤードに連れていくのは……むろん、ネーサンの助けがあれば……じつに容易だった。

ソト＝タル・ケルは、保安上の理由で《ツナミ１１４》を小惑星帯にのこしていくことを主張。転送機でルナに向かうことを提案した。とはいえ、直接転送は拒否する。それゆえ、アダムスは三段階ルートを計画した。

ソト＝タル・ケルはまず、火星のハンザ基地に転送され、そこで事情を知るハンザ・

スポークスマン三名に迎えられる。その三名に護衛され、そこから宇宙に存在するいずれかのハンザ基地の転送ステーションにいったん移動したのち、ようやくルナに向かうのだ。この最後の受け入れ転送機は、ハンザ・スポークスマンか、せいぜいハンザ・スペシャリストしか利用を許されない。だが、ハンザ・スポークスマン四名がこの客人の身元を保証するのだから、問題はないだろう。

最後のハードルは、スチールヤードのセキュリティ・システムだ。ネーサンの援助なしには、この難関はけっして突破できない。ネーサンはただの頑固なコンピュータではなく、太陽系の技術中枢そのものなのだ。このハイパーインポトロニクスとは、一般的でない方法について議論することさえできる。ハンザ・スポークスマン四名の論拠に対し、ネーサンが異議を唱えることはなかった。

ソト＝タル・ケルはスチールヤードに足を踏み入れる権限を得るため、自分用の識別シンボルとインパルス発信機を入手することになった。ネーサンがそう主張したから。異人はシンボルとして、中心から三本の矢が各頂点に向かって伸びる三角形を選んだ。なぜ、これを選んだのかとたずねると、かれはこう答えたもの。

「これは、わが紋章なのだ。三本の道を象徴している」

アダムスとソト＝タル・ケルは、スチールヤードではじめて直接対面した。それは、ほとんど現実とは思えないような出会いだった。ところが、異人がたちまち堅苦しい雰囲気をほぐす。アダムスに向かって、こう挨拶したのだ。

「きみのもてなしに感謝する、友よ。これは歴史的瞬間かもしれない。両種族の友好関係のはじまりだ」アダムスよりも頭ひとつぶん背が高い相手が、長く細い手をさしだす。経済部チーフはこれをつかんで、しっかりと握った。異人の姿に魅了され、いまだに言葉を失っていた。訊きたいことは山ほどあるが、ひとまずあとにしておこう。おそらく、この先かなりの時間をともにすごすことになるだろうから、そのさい、重要な情報はすべて交換できるはず。ゆえに、ただちに相手を質問攻めにするのはひかえた。実際、いまは、ふさわしいかたちで祝うべき重要な瞬間なのだ。

雄弁なソト＝タル・ケルが、ふたたび口を開いた。

「きみは秘密を守るためにあらゆる手をつくしてくれた。感謝している。経由した転送ステーションはいずれも無人で、部外者はだれもわたしの存在に気づいていない。ただ、きみがこの三名にわれわれの秘密を打ち明けたことには驚いたが」

アダムスは、相手のきびしい声の調子にはっとした。いままで心地よく響いていたその声に、非難がこめられている。

「セレステとパトリシアとティモは、きみの第一声がとどいたとき同席していたのだ」アダムスは弁明しながらも、これほど畏縮している自分自身に腹をたてた。「かれらは信頼できる。三人ともわたしに忠実だ」

アダムスは、異人を護衛してきたハンザ・スポークスマン三名に目を向けた。その顔を見て、三人を不快にさせるようななにかがあったのだと気づく。ソト＝タル・ケルはこの場をとりなそうと、こう告げた。

「わたしの外見はごく人間的に見えるかもしれないが、異質なメンタリティによる特徴がいくつかある。われわれの友三人は、いささかショックを受けたようだ。最初に出会ったさい、わたしが能力の一端を披露してしまったから。申しわけないことに、このような護衛がくるとはつゆ知らず、一瞬、裏切られたと思ったのだ。非礼を許してもらいたい、ガーシュイン」

「非礼もいいところだ」三名のうちもっとも若いティモ・ポランテが、アダムスに向かっていった。「かれ、われわれを見たとたん、狂ったように襲いかかり、三人とも引き裂こうとしたのです」

「どういうことか？」アダムスがとまどいながらたずねた。

「ティモは大げさなのよ」パトリシア・コルメトが曖昧《あいまい》な笑みを浮かべていう。「きっと、客人が説明したとおりなのでしょう。わたしたちの予想外の出現に驚いただけ。事情を説明したところ、すぐにおちつかれたようですから」

「わたしのミスだ」アダムスが認めた。「ソト＝タル・ケルに、このような出迎えについて知らせておくべきだった」

「感情にまかせてふるまうべきではなかった」異人がすまなそうにいう。「おちついて考えたら、ひたすら生来の不信感のせいとしかいえない。慎重になる必要があるのでね……この未知銀河において、同胞はほかにだれもいないのだから」

「きみはなんといっても有利な立場だろう」アダムスが応じた。「われわれに関するすべてを把握し、この文明を知りつくしている。一方、われわれにとり、きみはいまだに大きな未知数だ」

「そのとおり」と、異人。「それゆえ、わたしがきみにすべての情報をあたえることによってのみ、公平になるわけだ、わが友よ。きみの前では、なにもかくすことはない」

「きみはわたしに、腹の内を探っていいといった」アダムスはそう告げ、端末を操作した。「ネーサンにそうするよう指示したよ」

張りつめた沈黙が生じる。ソト＝タル・ケルは縮こまったように見えた。ハンザ・スポークスマン三名は注意深く異人を見つめる。アダムスは調査結果を待った。

「ネガティヴ」ネーサンが告げた。「調査中の対象物は分析不可能。未知のエネルギー・フィールドが対象物の透視を妨げています」

この言葉で、異人はさらにちいさくなったように見えた。文字どおり、身をかがめている。大きな頭部が、奇妙に曲がった首に沿って前方に突きだされ、低くなる。こわばったように見える腕を背中にまわすと、肩があがり、下半身は前方に押しだされた。ぎこちなくおぼつかない足どりで数歩進む。なにか重い物体をかかえているかのようだ。

「ストーカー！」アダムスが思わず口にした。異人はこの名を聞いて、まるで打ちのめされたかのごとく、身をすくませる。アダムスは異人のあだ名を思いついて満足だった。これで、気にいらない〝ガーシュイン〟という呼び名に対する仕返しができるというもの。「ストーカー！」そうくりかえして、一瞬、間をおき、つづけていう。「きみはわれわれをどうしようというのだ？　これが、よく知りもしないきみを信頼したわたしに対する答えか？　防御バリアに身をつつむとは、なにをかくし持っているのか？」

ソト＝タル・ケルは身長二メートルあまり。幅広のケープでからだをつつんでいるにもかかわらず、すらりとして見えた。ケープは淡青色で、細い肩まわりにはピンク色の波模様がある。まるで、手足用のスリットがついた、床までとどくマントのようだ。

「これはさらなるわたしの特徴にすぎない」異人が、うしろめたそうに小声で答えた。「わたしは、ある法典にしたがって行動している。それに対して、自分ではなにもできないのだ。きみに前もって注意すべきだったな、ガーシュイン。わかっている。とはいえ、その時間がなかった。説明させてくれ。そして、このままの状態でいっしょにやっていくのが無理な要求だと思うなら、わたしを追いだせばいい。それでも、ひとつだけわたしにはできないことがある。すなわち、きみやほかのだれかに、わが正体を明かすことだ。法典がそれを禁じているから」

アダムスはからかうように口をゆがめ、

「もし、詳細な調査が〝正体を明かすこと〟になるのなら、われわれはこれ以上きみとはやっていけない、ストーカー」と、告げた。「偽装を解かないかぎり、きみがエレメントの十戒の手先ではないと確信できないからだ」

異人は左手をケープの前側に滑らせた。繊細な指先が触れた場所の生地が裂ける。こうして生じたスリットが充分に長くなると、ソト＝タル・ケルはこれをすりぬけ、ケープを脱ぎ捨てた。

「これがわたしだ、友よ」異人はほとんどおごそかに告げた。ケープの下は、胴体や細い腕や脚にぴったりしたコンビネーションだ。

細いとはいえ、シリンダーのようなまるみをおびた上体があらわになった。下半身は前方に突きだし、骨盤はうしろにそりかえっている。そのため、まるで腰をそらしているかのようで、挑発的に見える。とはいえ、からだを動かせば、それも目立たない。

ソト＝タル・ケルはからだをよじり、肢体を無理やりねじ曲げた。太く長い頸に沿って頭を動かすと、しかめっ面をし、両手を振りまわす。まるで、ダンスでもしているか、大げさなパントマイムによりおもしろおかしく表現しているようにも見える。あるいは、運動に関する研究か。異人が目の前で跳ねまわればまわるほど、アダムスはますます、この三番めの見解を強めた。

経済部チーフは、にやりとするしかなかった。ソト＝タル・ケルがこれほど真剣に、観察者たちに自分をさらけだそうと努力しているようすは、まさに涙ぐましい。そのあいだ、ハンザ・スポークスマンたちはぽかんと口を開けながら、異人を見つめている。そのストーカーはただ一度だけ口を開いた。その言葉で、このパフォーマンスによりなにを伝えたいのか、はっきりとわかる。

「見ろ、これがわたしだ。これがわが肉体だ。もし、心のなかを見たいのなら、わたしと話せばいい。そうすれば……ただそうしてのみ……きみに自分をさらけだすことができるのだ、わが友よ」

こうして異人は、正確な科学的測定によってではなく、このような方法によってのみ相手に自分を知ってもらえると、わからせようとしたのだ。アダムスには奇妙に思えた。ソト＝タル・ケルの〝法典〟は、なぜ客観的な分析を許可しないのか。

かれの動きは力強くしなやかで、ダンサーの優美さがある。ケープをとって明らかになったのは、腕と膝の関節が人間よりも高い位置にあること。上腕は前腕の半分の長さしかなく、同様に、上腿は脚の長さ全体の三分の一しかない。そのせいで、いばって見えるのだ……アダムスは、二十世紀後半のマネキンを思いだす……長い下腿のせいで、どことなく気どって歩いているようにも見える。とはいえ、その動きはぎこちなくない。異国の肉食動物のようにしなやかで、獲物に忍びよる狩猟者のように慎重だ。こう考えただけでも、ひそかにつきまとう〝ストーカー〟という表現はうってつけだと、アダムスは思った。

ストーカーの繊細な手は五本指だ。なんらかの歩行補助装置を持たない裸足の足も五本指。足幅はせまいが、異常に大きい。とはいえ、これはとりわけ張りだした踵骨《しょうこつ》のせいだ。

ストーカーは弾《はず》むようにお辞儀すると、自己紹介を締めくくった。とはいえ、いささかグロテスクな結果に終わる。というのも、幅のせまい肩を後方へまっすぐにそらそうとしたものの、下腹部を引っこめることができなかったから。そのさい、前方に伸びていた頭部が、ほとんど脚のあいだに入りそうになる。

ストーカーがからだを起こすと、淡青色のコンビネーションの胸部で三角形のシンボルが銀色に輝きだした。袖やズボンの切り替え部分でも、あるいは肩ヨークでも銀色模様がきらめく。アダムスは思った。これは階級章だろう。異人がようやくいまになってしめしたものだ。

ストーカーは期待に満ちた目で観客四名を見つめた。セレステとティモは感心したようすで拍手を送る。アダムスとパトリシアがこれにくわわると、ストーカーの目がよろこびで輝くのが見えた。

「感謝する」異人がうれしそうに告げた。「受け入れてもらえて、ほっとした。きみたちに拒否されてわが任務が失敗したなら、傷心のあまり死ぬところだった」

ほかのだれかがこういったなら、大げさに聞こえただろうが、ストーカーの場合は違った。その顔は腹蔵なく正直で、信用できるものだし……その表情はあまりに純真に見える。たとえ大げさに聞こえても、腹をたてたりはできないだろう。

異人は腕を開きながら、言葉をつづけた。

「これからしばらく、ここがわが家となる。きみたちがわたしに全幅の信頼をよせ、銀河系諸種族に紹介してくれるまで」

「で、どのような使命でここにきたのだ？」アダムスがたずねた。

「それは、すでにいったではないか」ストーカーは、いささか驚いたようすで応じた。笑みを浮かべると、「つまり、きみにまず目的の一部を明かしたわけだが。わたしはきみの種族と友好関係を結びたい。これは精神的意味のみならず、両種族の交易関係によっても達成したいと思う」

「いまの話は個人としてのものか？　それとも、きみは種族から全権を託された代表者なのか？　きみはどのような地位にあるのだ、ストーカー？」

「きみと似たような地位にある、ガーシュイン」ストーカーが応じた。「わたしは〝エスタルトゥ〟の使者だ。エレンディラ銀河外縁部でツナミ艦を見つけ、資料によってテラナーに関する情報を得たとき、きみたちがエスタルトゥにふさわしいパートナーだと、ただちにわかった」

「エスタルトゥとは何者だ?」

「エスタルトゥは〝それ〟のような超越知性体で、十二銀河が属する力の集合体の名称でもある。そしてエスタルトゥは、きみたちのあらたな貿易相手でもある……きみたちがそう望むなら」

「それについては、これから話さなければならない」

そして、両者はこれについて話し合った。話し合えば話し合うほど、アダムスの確信は強まった。ストーカーは、宇宙ハンザにあらたな隆盛をもたらす真の機会を提供するにちがいない。アダムスは数時間、相手の話に耳をかたむけた。異人は相互取引関係の多様な可能性について話す。四千万光年という遠距離については手を振り、あしらったものの、アダムスが食いさがり、さらにしつこくたずねると、ようやく秘密を明かした。

「エスタルトゥには、実際に無限の速度を可能にする宇宙船エンジンがあるのだ。それゆえ、そのような距離はもはやなんの問題もない」

「では、なぜ、きみは時間をかけてツナミ艦でここまで飛んできたのか?」アダムスが訊いた。

「わたしには、新しい友について学ぶ時間が必要だったのだ」

アダムスは考えてみた。エスタルトゥ諸種族は、距離などまったく問題としない宇宙船で、宇宙の果てまで進出したにちがいない。ではなぜ、銀河系ではまだエスタルトゥという存在についてまったく知られていないのか。アダムスはこの疑問にみずから答えを出そうとした。おそらく、超越知性体は嫉妬心から、たがいの力の集合体の境界を守っているのではないか。ところが、ストーカーはこう答えた。

「むしろ、コスモクラートが境界を定めているせいだ」

異人のいいかたに、アダムスは思わず耳をそばだてた。ところが、この問題を追求する前に、ストーカーは話題を変え、エスタルトゥの〝奇蹟〟について夢中で語りはじめる。こうして、異人はアダムスをつねに牽制《けんせい》した。

とはいえ、アダムスはストーカーの調子のいい言葉を信じたわけではない。語りたいなら語らせておくまでだ。それでも警戒心をゆるめることはない。スチールヤード内でストーカーをひとりきりにせず、つねに腹心三名のうちすくなくとも一名がつきそうようにした。ほかのハンザ・スポークスマンがスチールヤードを訪れたさいにストーカーが引きこもれるよう、かくれ場を用意し、ネーサンによってこれを監視させた。

アダムスは、エレメントの十戒の活動を注意深く追い、ストーカーとの横のつながりを探した。結局、なにも見つからず、安堵する。とりわけ、カッツェンカットがみずからイーストサイドの作戦行動をひきいたという証拠があがったさい、ほっとした。これにより、実際、重圧から解放されたわけだ。その結果、ストーカーにこう告げたもの。

「きみはすくなくとも、カッツェンカットではありえないな」

　そして、ふたりで笑った。

　アダムスは、ストーカーに対する信頼をますます深めた。たとえ、この異人にいくつか気にいらない点があるとしても。ストーカーは、完璧な誘惑者だ。すくなくとも、アダムスに対しては効果があった。この男が、これまで考えもしなかったものごとに熱中しはじめたのだから。異人をスチールヤードにかくまうというリスクだけでも、以前ならけっして冒さなかっただろう。ストーカーがそうさせたのだ。おまけに、ネーサンを操作させた。これは誘惑だ！　動機づけによる誘惑で、暗示によるものではない。

「わたしは、きみをメフィストと呼ぶべきだったな」アダムスが冗談めかしていった。

「ストーカーのほうがふさわしい」と、ソト＝タル・ケル。本気でいっているようだ。これこのあだ名がどの点においてふさわしいのか、アダムスは自問するばかりだった。これにはいくつか解釈がある。

　アダムスがようやくおちつきをとりもどしたのは、こう考えたときだった。わたしがストーカーに誘惑されたのは、たんに自分がそう望んだから。いままで閉じこもっていた殻から、ついに抜けだそうとしたから。あの異人の自信のなにかが、自分に影響をおよぼしたようだ。それはストーカーの誘惑の手管というより、イニシアティヴをとりたいというわたしの願望によるものだろう。

両者は、たがいに対する理解を日ましに深めていった。アダムスは、ストーカーからエスタルトゥについて得た情報すべてを、〝新生・宇宙ハンザにおける銀河外空間を包括する新市場開発〟というタイトルでネーサンに保存した。この計画はすでに長いこと進められていたが、いま、まったく新しい局面を迎えたのだ。

やがて、警告者の一件が起きる。これは、ふたりの友情にきびしい試練を課した。アダムスがストーカーの策動を見破ったときは、まさにすべてがだいなしになるところだった。だが、経済部チーフはそうはさせず、その結果、ますます大きな責任を背負いこむことになる。しまいには逃げ道を失い、この件を最後まで乗りきるほかに選択肢がなくなった。

いまや、アダムスの目の前に終局が待ち受けていた。

それはかれの生涯において、いずれにせよ、最大の決断をもたらすだろう。完全勝利をおさめるか、あるいは、もっとも苦い敗北を味わうことになるのか。アダムスに第三の可能性はなかった。

4

銀河系諸種族の無数の宇宙船が、無限アルマダにつづいて太陽系に向かう。アルマダ部隊がどの星系に出現しようが、いたるところで宇宙船が随行することになった。

ときおり、いさかいが起きたり、アルマディストと銀河系住民のあいだに誤解が発生したりしたが、つねに円満に解決されたもの。そして、毎回のごとく宇宙船数隻が、それどころか小型船団が、アルマダ部隊にくわわった。

ヒーザーひきいるアルマダ部隊がハルタ星系に出現したさいも、太陽系から四万五千光年はなれたアコン星系においても、そうだった。アンティのアプトゥト星系でも、アルコン人とスプリンガーのM－13でも、しかり。アルコン星系にやってきたスクウファーのアルマダ第四八八部隊は、ルスマ星系におけるトレフェスカーのアルマダ第一七〇七部隊同様に〝笛吹き男効果〟をもたらした。ルディン人も、エプサル人も、シガ星人も、エルトルス人も、ルマル人も、オクストーン人も、アルマダ部隊をさまざまな思いで迎えたが、結局は全員が太陽系まで同行したのだ。

かれらは無限アルマダに追随し、クロノフォシル・テラに向かった。そこでなにかを手に入れられると信じたから。無限アルマダは銀河系を横断するにあたり、このクロノフォシルの活性化がテラナーだけでなく銀河系全体にとって重要なのだという信念を、かれらにもたらしたようだ。それゆえ、プロフォス人、ガイア人、ウニト人、超重族が太陽系を訪れた。ブルー族とポスビも無限アルマダに引き連れられてきた。

かれらは、エレメントの十戒が暗黒エレメントを戦場に投入したとき、混沌の勢力の最後の抵抗を体験したもの。そして、暗黒を体験し……すべてが終わったとき、かれらはエデンⅡにつづく、もっとも重要なクロノフォシルの活性化の証人となったのだ。この経験は、かれらに強い影響をおよぼした。だれもがギャラクティカーとして、大きな種族共同体として、連帯感を自覚した。銀河系諸種族の尊厳連合……GAVÖKがまいた種が、いまようやく芽吹いたのだ。

やがて、無限アルマダとの別れの時が訪れ、太陽系宙域は徐々にまばらになっていく。まず、巨大なローランドレがアルマダ王子ナコールとともに出発し、アルマダ部隊が次々とこれにつづく。数日間におよぶプロセスがはじまった……

とはいえ、無限アルマダに同行して太陽系まできた宇宙船のいずれも、その帰還には随行しない。

護衛船は太陽系にとどまったのだ。その乗員たちは、これまでに起きた事象がすべてではないと感じていたから。まだ、待つ甲斐《かい》のあるなにかが起きるだろう……

ただ一隻だけが地球の月の重力からはなれ、無限アルマダのあとを追う。船はダンベルのかたちをしていた。りっぱな巨船は、あらたな輝きをはなつ。まるで巨人のダンベルのようだ。シリンダー型の中央部分に船の名が読める。

〝ソル〟と。

《ソル》は無限アルマダに同行し、二億光年をこえる信じがたい距離の旅をするという使命をになっていた。

＊

マドリードからヴィールス柱が消滅したことで、恋人グレガー・マンダに再会するというアルジェンティナ・ガルドスの最後の望みは消えうせた。

グレガーは、マドリードの前衛騎兵だった。アルジェンティナがかれと知り合ったのは、かつてマドリード王宮前のヴィールス柱を訪ね、ヴィールス・インペリウムのかわりに前衛騎兵とコンタクトをはかったときのこと。それ以来、グレガーはわずかな自由時間を彼女とともにすごすようになっていた。

暗黒エレメントがテラを襲ったさい、アルジェンティナはクロノフォシルよりも恋人のことを案じたもの。そして、すべてが終わると、グレガーはヴィールス・インペリウムと暗黒の大部分とともに姿を消してしまった。

恋人はどうなったのか。だれもわかる者はいない。行方不明者とみなされたのだ。その後、そびえ立つヴィールス柱が分解し、雲となってテラの軌道に向かって漂いはじめたことにより、アルジェンティナの最後の希望も消えうせた。これでもう、恋人の所在についての情報は得られないだろう。

もう二度とグレガーに会えない。アルジェンティナは朦朧《もうろう》とし、周囲を認識できず、銀河系を揺るがす出来ごとも気にしなくなった。無限アルマダなど、どうでもいい。テラのまわりを漂う数千のヴィールス雲も目に入らず、そのささやき声も聞こえない。

アルジェンティナは、敷地面積千七百ヘクタールの広大な自然公園カサ・デ・カンポをぼんやりさまよった。頻繁に人とすれ違っても、まったく気づかない。自分同様に単独の者もいたが、大部分はグループで森を散策していた。アルジェンティナには、かれらのようすは目に入らない。

フェリペ二世の時代にできた湖に到達してはじめて、物思いから引きもどされた。岸に沿って人々が集まり、湖を見つめている。その数はますます増えていった。実際、人々が見つめているのは湖ではなく、その上空だ。

アルジェンティナは人々の視線の先を追い、大きなヴィールス雲がおりてくるのを見た。心の痛みから気をそらされた瞬間、奇妙なささやき声が聞こえる。

〈自身を解放し、自由になりなさい！　あらゆるしがらみから解きははなたれ、束縛から自由になるのです。完全にあなたらしくあれ！〉

アルジェンティナはさらに心を開き、孤独を忘れさせてくれる声なきささやきに完全に没頭した。突然、もうそれほどとほうにくれていた気分ではなくなり、たくさんの見知らぬ人々の仲間になったような気がする。自分の目で見て、耳で聞いた。

て、意識的にふたたび自分の感覚を使った。無限に思えた時間が過ぎてはじめ

ヴィールス雲は、いまや湖水表面まで降下していた。

霧のような構造体だが、実体を持つ感じもする。霧の指が岸を捕らえ、橋を形成した。

人々は橋をわたるのを躊躇した……それとも、誘われているのがわからないのか？

グレガー！　アルジェンティナは恋人を思い浮かべた。先頭を切って、ヴィールスできた橋をわたったり、雲のなかに消える。奇妙な感じだ。霧の上を進むさい、足もとにかたい床面を感じないのに、ヴィールス構造物は充分な足がかりを提供している。沈みこみもしなければ、なんらかの障害につまずくこともない。浮遊し……まさに雲の上を滑るかのようだ。

すると、雲の内部に出た。霧は薄くなり、後退し、周囲に直径十メートルの空間を形成する。こうして生じた球体空間はわずかにゆがみ、まるみを失い、角のないさいころとなった。ヴィールスはかたまり、壁を形成。それでもアルジェンティナは、まったく

閉塞感をおぼえない。感覚が、音なき声がこう告げている。ここは牢獄ではなく、いつ

でもこの場所を去ることができると。閉じこめられたわけではない。壁はどんなに堅牢

に見えても、これまで同様に通りぬけられるのだからと。

　アルジェンティナがただ思考するだけで……壁はふたたび霧のヴェールと化した。ヴ

ィールス塊で遊ぶこともできる。かたちをつくり、かため、ふたたび拡散させる。だれ

に告げられたわけでもないのに、これは明白なこと。それでも、アルジェンティナは知

っていた。ヴィールス・インペリウムが教えてくれたのだ。テレパシーを介して、それ

となく必要な知識を伝えてきた。

　アルジェンティナが輪郭のはっきりしたイメージをいくつか浮かべると、突然、ホロ

・プロジェクターをそなえたコンソールと、からだにぴったりした成型シートが霧のよ

うなヴィールス塊から出現。彼女は笑みを浮かべ、シートに腰をおろした。

　グレガーのことを考えた。恋人に全神経を集中させる。かれは前衛騎兵として、ヴィ

ールス・インペリウムと強い絆があったはず。暗黒エレメントに破壊されたヴィールス

・インペリウムの一部分だけでなく。

　前衛騎兵グレガー・マンダの記憶は、ヴィールス・インペリウムの残骸にものこって

いるにちがいない。

「どのようにホロ・プロジェクターをあつかえばいいの?」アルジェンティナは声に出

してたずねた。ヴィールス・インペリウムが同様に優しく低い女声で応じても、まったく驚かない。

「思考で操作できます、ティナ」と、ヴィールス・インペリウム。「あなたがなにかを望むだけで、わたしがそれに応じます」

「そんなにかんたんなの？」アルジェンティナは応答を待つことなく、要求した。「あなたの持つ前衛騎兵グレガー・マンダに関する記憶から、映像をうつしだして」

「本当にそうしたいのですか、ティナ？」ヴィールス・インペリウムがたずねた。「よく考えましたか？　そのような映像は、ただ古傷に触れるだけだと思いませんか？」

アルジェンティナはいらだちをおぼえた。ヴィールス・インペリウムは、意義と目的について自分と議論することなく、ただ希望に応じるだけだと思っていたから。

「グレガー・マンダの映像をわたしに見せることはできないの？」アルジェンティナが挑発するようにたずねた。

「できますとも」ヴィールス・インペリウムが応じた。「ただ、わたしがそうすれば、あなたは無意識の願いを告げる誘惑に駆られるでしょう。わたしがその願いを叶《かな》えることはけっしてない。わたしはあなたの先まわりができるのです、ティナ。次になにがくるのかもう知っている。わたしはただ、あなたに失望を味わわせたくないのです」

アルジェンティナは、涙を見せずにすすり泣いた。心を見透かされ、暴かれたような気がする。ヴィールス・インペリウムのいうとおりだ。自分は、下心から恋人のホログラムをもとめた。とはいえ、その下心はかくしておきたかったのだが。

「ヴィールス・インペリウムには、自身からすべてを創造できるほどの力はもうないの？」と、たずねてみる。

「質量の大半を失っても、わたしはいまだ全能のヴィールスで構成されています」ヴィールス・インペリウムが説明した。「わたしを必要とするすべての者にみずからを捧げると決めました。わたしは自身からありとあらゆるものを生じさせることができますが、責任感がこれを禁じる場合があります。特定の境界をこえることもできません」

　アルジェンティナは、怒りがこみあげてきた。ヴィールス・インペリウムに、なにができるのか知っているから。かつてエルンスト・エラートにあらたな肉体をあたえ、その後、かれのためにみずからのヴィールスで宇宙船をこしらえたのだ。さらに、エラートがエデンⅡに向かうあいだ、孤独におちいらないよう、石の夜間灯を同行者としてつかわした。

「わたしにグレガー・マンダを返して」アルジェンティナが要求した。「わたしのために、かれをつくれるわよね」

「それは許されません、ティナ」相手はおだやかに応じた。「前衛騎兵マンダがどうなったのか、わたしは知りません。ひょっとしたら、まだ生きているかもしれない。死んではいないはず。暗黒エレメントによってどこかべつの場所に押し流されたのかもしれない……なぜ、あなたはかれを捜さないのです？」

アルジェンティナは、疑うように宙を見つめた。

「かれを捜すですって？　どこで？　どうやって？」

「宇宙空間の奥底で。わたしが捜索に手を貸します。あなたの恋人が見つかるとも、まだ生きているとも保証はできませんが。それでも、あなたが痛みを克服するのに手を貸すことはできる。自己憐憫《れんびん》のあまり、わが身をさいなんでもなんの助けにもなりません。前を向くのです。目の前には、まだ人生がある……驚きと謎に満ちた宇宙がある。過去への橋を壊して、未来のために生きるのです」

「わたしにそうしろと……？」

アルジェンティナは震えた。人生の完全にあらたな局面に足を踏み入れるリスクに対する恐れではなく、この計画の壮大さゆえに。この瞬間まで、テラをはなれたいという衝動に駆られたことはなかった。ところが突然、この考えが前途有望なものに思えてくる。これが人生問題からの逃避とはけっして思えない。

「あなたはひとりきりではない、ティナ」ヴィールス・インペリウムがはげますようにつづけた。「あなたのまわりには……このヴィールス雲には……多くの仲間がいます。なかには、あなた同様に誤った考えでここを訪れた者もいる。とはいえ、まさにあなた同様、自分の望みを正しく伝えることができなかっただけ。ティナ、あなたは実際、かわりの恋人がほしいわけではない。だれもあなたにとってグレガーのかわりにはなりえないし、かれに瓜ふたつだからといってその相手を本当に愛することはできない。それは、現実逃避にすぎません。自分の良心にたずねてみるのです。そうすれば、わたしのいうことが正しいとわかるはず。現実と向き合うのです。わたしが手を貸しますから」

アルジェンティナは、ヴィールス・インペリウムの言葉を噛みしめた。長いこと黙っていたが、やがて口を開く。

「わたしになにを提供してくれるの、ヴィールス・インペリウム？」

「あらたな存在にとっての生活圏となる、宇宙全体です」

「それは、かなり前途有望に聞こえるわ」アルジェンティナはそういい、すでに誘惑に屈していた。

＊

それは幻想的な光景だった。点在するちいさな宿舎のはずれに雲がおりてきて、暗黒によって荒れはてた緑地帯をおおったのだ。レオナルド・フラッドとアン・ピアジェは、そのようすを驚いて見つめ……圧倒された。

巨大な雲が変化した。収縮し、かたまったのだ。輪郭のない霧から、徐々になにかがかたちづくられていく。

どれくらいの時間が経過したのか、正確にはわからない。とうとう、ヴィールス雲は全長百メートルほどの平たいプラットフォームと化した。上には、かなりの数の立方体構造物がのっている。立方体がさらに変化しつづけるあいだ、プラットフォームは湾曲した滑らかな枠組みを持つ高さ五メートルの楕円形になる。

「立方体は八十個くらいあるかしら」アンがレオにささやいた。「なんとなく、わたしたちの幼稚園の宿舎のように見えない？」

「幼稚園の縮小版だとしたら、縮尺どおりだな」レオは笑みを浮かべながら、そう答えた。これがなにを意味するのか、まだよくわからない。それでも感動をおぼえた。ヴィールス・インペリウムがわれわれにみずからを提供しようというのだ。「ほとんど、暗黒による破壊に対する埋め合わせに思える」

アンは、たずねるようにレオを見つめた。不思議だ。なぜ、ヴィールス・インペリウムは、よりにもよってとるにたらないこの孤児院を訪れたのか。

「スリのしわざかしら？」アンがたずねた。

「ひょっとしたら、スリが手を貸しているのかもしれないな」と、レオ。まったく話す気分でなかったが、そう答えた。「だが、ここだけではなさそうだ。思うに、似たような現象が、テラのほかの多くの場所で起きているのだろう」

「ヴィールス・インペリウムは、なにをしようというのかしら？」アンがたずねた。

レオは答えない。ちょうど、ヴィールスでできた幼稚園の模型の完成にまだ欠けているもののことを考えていたから。すばらしい考えが浮かんだ。そのとたん、考えたものが現実となるのを目《ま》のあたりにした。

プラットフォームの物質から、突然、透明な壁が立方体の前に押しでてくると、弓なりになり、ドーム状の屋根を形成。立ちならぶ宿舎の隙間には、植物が芽生え、なにもない地面を緑でおおっていく。

「クセノフォーミングね」アンがつぶやいた。「これはなにを意味するのかしら、レオ？」

「予感していたとはいえ……信じられない」レオが、かすれ声でいった。興奮のあまり、喉がからからだ。声を絞りだすのに、咳ばらいをしなければならなかった。アンを軽くたたきながら、こう告げる。「子供たちを起こしてきてくれ。どのような不思議なことがここで起きているのか、かれらも見るべきだ」

「で、あなたは？」アンがたずねた。

「さ、行ってくれ」院長がせかす。

アンはとまどいながらも、子供たちを起こすため、主建物に向かった。振り向くと、レオがみずから、自分たちの住居になにか変化をくわえたようなヴィールス構造物に近づいていくのが見える。コピイは実物よりコンパクトで、閉塞的に思えた。アンは考えた。あのせまい空間で生徒たちは充分に動けるかしら？　もちろん、このコピイがどのような目的でつくられたかによるけど。

レオのほうは、すでにヴィールス構造物に到達していた。ここまで近づくともう、外側の膨らみのせいでプラットフォームの表面は見えない。

指を冷たく滑らかなヴィールス物質の表面に滑らせて、考える。上につづく階段、あるいは内部に通じる入口があるだろうか。

すると、目の前でハッチが開いた。

「なかへどうぞ」おだやかで低い女声が聞こえた。「恐がる必要はありません、レオナルド・フラッド。わたしはあなたに呼ばれて、ここにきました」

「わたしは呼んだおぼえはないが」レオはそう告げながら、エアロックをくぐり、内部に足を踏み入れた。人間の背丈よりも高く、短いチューブを通りぬけると、殺風景で索漠とした部屋に出た。がっかりする。

「内部のしつらえは、あなたしだいです」ヴィールス・インペリウムが、まるで思考を読んだようにいう。実際、自分の考えを読んだのだと、レオはたちまち知った。「わたし」不安そうに告げ、咳ばらいすると、はじめからいいなおした。「わからない」どのようなしつらえが適切なのかわからないのだ。このヴィールス構造物が、なんなのかさえわからない」

「では、いちばんほしいものはなんですか?」ヴィールス・インペリウムが訊いた。

レオの思考はめまぐるしく変わった。さまざまな考えが浮かぶ。この構造物を生徒たちのあらたな家として想像してみたが、不適切だとかたづけた。これはレオの幼稚園のかわりにはならない。すべてがあまりに味気なく冷ややかだ。まったく雰囲気というものがない。このような環境では、子供たちはたちまち情緒不安定におちいるだろう。

「なぜ、本当にほしいものを口にするのをためらうのです?」ヴィールス・インペリウムがはげますようにいった。「わたしはあなたがたのもの。あなたとアンと生徒たちのもの。みなさんの希望に沿って、自分をかたちづくることが可能です。わたしからなんでもつくれるのです。どんなに突拍子もない考えでも、実現するのに奇抜すぎることはありません。とはいえ、注意しておくべきことがあります」

「それはなんだ?」レオがたずねた。

「わたしは、あなたがたが望むものならなんでも、自身からつくりだすことができます。ヴィールスは全能で、あらゆるかたち、堅牢さ、特性を体現することが可能です。それでも、いったん特殊化されてしまうと、その後は変化できません。あなたがたがわたしからつくりだしたものが永遠につづくのです。つまり、わたしを最終的にどのようなかたちにしたいのか、よく考えることが重要です」

レオは目眩がした。思考がめぐる。だが、徐々に気づいた。思考はただひとつの点を堂々めぐりしているのだ。

ごく最近の出来ごとの記憶が浮かぶ。すでに当時も興奮したものだが、いまもまた興奮につつまれた。エルンスト・エラートがハンザ司令部前の広場のヴィールス柱に何日間も閉じこもったあと、そこから出てきた瞬間の記憶だ。

メディアはこの光景を中継し、レオはこれを録画すると、何度もくりかえし見たもの。そしていま、ふたたび心の目の前に、ヴィールス雲がエラートの頭上におりてくるようすが浮かんだ。ヴィールス雲から、鳥をかたどった船が形成される。

この光景はレオを魅了し、それ以来、頭からはなれない。

エルンスト・エラートは自分のヴィールス船を《渡り鳥》と名づけた。この瞬間からレオもまた、そのような〝渡り鳥〟を欲していた。

「なぜ、それほど長くためらうのです?」またヴィールス・インペリウムがはげます。「このヴィールス断片が自分たちのものだと、まだ信じられないのですか? これが希望どおりにかたちづくられることを疑っているのですか? 信じるのは、あまりに容易だというのに」

「で、きみは実際、われわれが望むものすべてをつくりだせるのか?」レオが確認するように訊いた。

「そのとおりです」

「宇宙船でも？」

「わたしは宇宙船です」ヴィールス・インペリウムが告げた。

この瞬間、アンが最初の子供たちを連れてあらわれた。かれらがチューブを通り、殺風景な空間に入ると、全員を受け入れることができるように空間がひろがる。

「われわれ専用の船だ、みんな」レオが生徒に告げる。「この船は、われわれ自身の必要性にあわせてかたちづくることができる。レオの幼稚園はもう大地に縛りつけられず、まもなく星々への初飛行に出るのさ」

院長はアンを抱きよせた。生徒たちは口々に歓声をあげながら駆けだし、ヴィールス船を征服した。

*

氏族のほかのメンバーがまだせっせと家財をヴィールス雲に積みこんでいるあいだ、ソルマン・パテルモは最初の見まわりに出た。

当初、ヴィールス雲の内部は、とりわけ印象的というわけではなかった。ところが、内なる声が告げたのだ。好きなようにかたちづくることができ、円盤でも球型でも転子状でも可能だと。伝統的スプリンガーであるソルマンは、全長二百メートルの転子状船を望んだ。

　すると、ヴィールス雲はスプリンガーの転子状船を形成した。

　ソルマン・パテルモは考えこみつつ顎髭の三つ編みをひねりながら、点検をつづけた。もちろん、全員ぶんの充分な空間が必要だ。氏族全員のプライバシーが保証されないと。家族の人数が増えた場合、住居セクターを拡張できなければならない。とはいえ、住居は充分なコンタクトとコミュニケーションが可能で、氏族分散による孤立の危険性がないように配置しなければ。とりわけ重要なのは、族長が氏族全体を把握する力を失わず、つねに全員を気づかい、保護できることだ。《パト＝プラマー》は、これらの点すべてにおいてかならずしも完璧というわけではなかった。こんどはすべてが変わるはず……そのための条件がそろえば。

　条件はそろっていた。

　ソルマン・パテルモは、計画をただ練りあげるだけでよかった。そうすれば、たちまちヴィールス雲の内部が望みどおりに変化する。族長はこれに驚きもせず、ほとんど当然とみなしていた。

「この船にはエンジンもあるのか？」族長は声に出してたずねた。

「もちろんです」魅惑的な女の声が応じた。

「なるほど。しかるべき航続距離を持ち、まともな速度が出せるものならいいのだが。

それに、いままでの船のエンジンよりも頑丈でなければ」

「エンジンは、ほぼ整備不要です。自動修復するといってもいいでしょう」ヴィールス船が告げた。

「悪くないな。速度はどうだ？　髭が伸びる前に、ルスマ星系に到達したいのだが」

「保証できます」

「で、航続距離は？」

「ほとんど無制限です」

「つまり、マゼランもアンドロメダも往復可能なわけか？」

「マゼランもアンドロメダも、さらにずっと遠くまでも」ヴィールス船が根気よく答えた。

「どのようなエンジンなのだ？」ソルマンが疑い深くたずねる。

「〝エネルプシ・エンジン〟と、呼べるでしょう。宇宙空間を縦横につらぬくプシオン・ネットに沿って移動します。到達可能な速度は、ほぼ絶対移動です」

ソルマンは、これもまた冷静に受け入れ、すでにべつのことを考えた。たとえば、口やかましい妻のことや、この魅惑的な声の奥にいるにちがいない、うっとりする女のことを。《ソルマン王》の……新しい船をそう命名しようと思っているのだが……所有者としては、もちろんりっぱな女パートナーも必要だ。

「きみもサービスにふくまれているのか？」族長はたずねた。「つまり、その声はまるですてきな女のようだが。不運にも、わたしにはそのような存在がまだ欠けている」

ヴィールス船が笑い、とがめるようにいった。

「その手の望みは、叶えることができません。生物をつくりだすつもりはありませんから。ですが、あなたは生物以外ならばなんでも手に入れることができる。すでに技術装置について考えてみましたか？」

「それは義弟にまかせるとしよう」ソルマンは愛想よくいった。「わたしはテラ君主の玉座の間のような司令室がほしい。ファラオのように、あるいは帝政ロシアかペルシアの皇帝のように暮らしたいのだ。ふさわしい環境として、金縁のパノラマ・スクリーンとルビーで飾られた司令コンソールが必要だな。シャンデリア、象牙《ぞうげ》製の操作レバー、ダイヤモンドをちりばめた制御ランプ、ホワルゴニウム製のサービス・ロボットも。そして、もちろん宝蔵だ。極上の貴重品であふれかえり、その重さで《ソルマン王》の尾部が沈むくらいの。それから……」

「考えてみてください。もうすこし実用的なものが必要ではありませんか？」ヴィールス船が忠告した。「富は、遠い未知惑星への旅で得られます。人工の宝物などほしくないでしょう、ソルマン？　真の生きるよろこびは、プログラミングできるものではありません。ただ、生きることによってのみ到達できるのです」

「だが、わたしはそのようにわが人生を想像しているのだ」ソルマンはほとんど反抗的にいった。とはいえ、心のかたすみではすでに違うことを考えている。異銀河への旅、未知の世界と文化の探査、それに付随する真の達成としての冒険。ソルマンは突然、自分が道を踏みはずしていたことに気づき、考えなおした。

そして、銀河商人の伝統を思いだす。

「わたしは、初の〝銀河間〟商人になりたい！」と、叫んだ。ヴィールス船が自分にそういわせたと気づくことなく。ところが、またもや悪の道に足を踏み入れてしまう。

「宇宙ハンザをはるかに凌駕《りょうが》する通商帝国の創設者になるのだ。それを経験したい！」

心のなかではすでに、ヴィールス船を組み立てなおしはじめていた。氏族の福祉のため、個人は倹約しなくてはならない。メンバーそれぞれにあたえるのは、十立方メートルの生活空間だ。それによりあいた空間は、貨物室と製造機器のためのもの。《ソルマン王》は空飛ぶ商館および工廠となるのだ。工廠ではあらゆる原料から、しかるべき完成品がつくられる。

族長宮殿は、最初の純益により増築させればいい。船が手狭になれば、第二の船を得るまでだ。そして第三の船、さらにもう一隻を。

突然、アイデアがひらめいた！

「技術的詳細については、義弟ノルクと話し合ってもらえないか？」と、ヴィールス船にいう。「ノルクはエンジニアだ。わたしにはかたづけるべき、より重要な案件があるから」

ソルマンは、テラの軌道上でまだ浮遊している無数のヴィールス雲について考えた。もし、あれらがこの雲と似たような特性を持つならば、すべてが宇宙船となりえるわけだ。ほかの者たちが気づく前に迅速に行動すれば、ヴィールス雲を次々と訪れ、独占できる。そのようにして、小規模の貿易船団を手に入れることができるだろう。

「残念です」ヴィールス船は遺憾そうに告げ、ソルマンの目の前で消えはじめた。複雑きわまる思考過程により、スプリンガーがつくりだしたものすべてが、ふたたび消え、ヴィールス雲にもどりそうになる。

ソルマンの権力と栄光の夢が吹き飛んだ。

「待ってくれ！　違う！」ソルマンは必死に訴えかけた。「そんなつもりではなかった。もうわかったから。忘れてくれ。わたしは、一隻の宇宙船でも満足なのだ。ただ飛ぶことができれば」

「あなたが正気にもどってほっとしました、ソルマン」と、ヴィールス船。「わたしを、あなたとあなたの氏族の好きなように使ってください」

5

「時間だ、ストーカー」アダムスが告げた。

「すべてを考慮したのか？」ストーカーはたずねた。「じっくり考えてみたのか？」

アダムスはかすかに笑みを浮かべ、

「ほかに方法がないのだ、友よ」と、答える。そのさい、ストーカーをまねてみせた。身長二メートルのヒューマノイドが軽く身をすくませる。頭はやや前に突きだされたまま、粗野な顔が神経質にぴくりと動いた。「真実の時間だ」

「だが、友たちがきみに反対票を入れたらどうなる？」ストーカーがたずねた。「それを考えてみたのか？　その場合、きみはどうするつもりだ？」

「辞任するまで」アダムスが簡潔に応じた。「銀河系の表舞台から永遠にしりぞくつもりだ。きみは、テラ周辺のヴィールス雲になにが起きたか、聞いたか？　ひょっとしたら、わたしにもまだチャンスがあるかもしれない」

「辞任などできやしない」ストーカーが主張した。「宇宙ハンザはきみの人生だ。押し通さなければ。わたしにきみの弁護をさせてもらったほうがいいのでは……」

「いや！」アダムスがきっぱりという。その声はあまりにきびしく、ストーカーはふたたび身をすくませた。「きみはもう充分にわたしに迷惑をかけてくれたぞ。警告者の件は、われわれを破滅させかねなかった」

「知ってのとおり、悪気《わるぎ》があったわけではないのだ、ガーシュイン」ストーカーは気勢をそがれたようだ。「ただ、よかれと思ってのこと」

「だが、きみは疑われてもしかたないような方法を使った」アダムスが応じた。「この話はもうおしまいだといわんばかりに手を振り、「ま、見てみよう。ハンザ・スポークスマンはこの件について採決し、わたしはかれらの判断にしたがうまでだ」

ふたりでスチールヤードをはなれる前、ストーカーがアダムスを引きとめ、たずねた。

「わたしが警告者の格好であらわれたら、不利になると思うか？」

「なぜ、銀色の防御バリアのうしろにかくれようとする？」アダムスが疑うように訊く。

「ただの冗談さ」ストーカーが答えた。「そのあと、わたしが偽装を解いたら、サプライズが成功するだろうと思ったのだ。きみとネーサン以外、だれもわたしの姿を知らない。ハンザ・スポークスマン三名さえ、わたしの外見をおぼえていない」

そのうえ、ロナルド・テケナーもきみに関する記憶を失った！　アダムスは心のなかでつけくわえた。それでも、なにもいわずにおく。かれの沈黙を、ストーカーは同意と受けとめたようだ。たちまち、銀色のフィルムがからだをおおい、完全につつんだ。

スチールヤードをはなれると、アダムスはネーサンとの接続を確立させた。しかるべきコードを入力すると、次のように告げる。

「ソト＝タル・ケルのハンザ印章をただちに消去してもらいたい」

まもなく、モニターに三角形シンボルがあらわれ、たちまち消えた。ネーサンが確認する。

「ハンザ印章を消去しました」

「いまのは必要だったのか？」ストーカーがたずねた。銀色にきらめく姿でアダムスの隣りを気どって歩き、転送機室に向かう。ときおり、警告者として披露してみせたタップダンスを思い起こさせる足どりが、無意識のうちに出るようだ。このふたりほど不釣り合いなペアは、ほとんど想像できない。

「事態がどうなろうと、きみはもうスチールヤードにはもどらないだろう？」アダムスがきっぱりと告げた。

「もちろん、もどらない」ストーカーは同意した。

転送機ホールでは、女ふたりと男ひとりが待っていた。ハンザ・スポークスマンのセレステ・マラニタレス、パトリシア・コルメト、ティモ・ポランテだ。この三名に停職を命じて惑星オリンプに送るほかに、アダムスには手立てがなかった。かれらはストーカーの犠牲者とはいえ、この件にあまりに深入りしすぎたから。しばらく、姿をくらましてもらわなければならない。

アダムスはひとりずつと握手をし、

「目撃者として、きみたちが必要だ」と、告げると、はげますように笑みを浮かべた。

「かならず、きみたちが復職し、投票権をとりもどすと確信している」

三名はうなずいた。いちばん年上のパトリシアはストーカーの銀色にきらめく光を神妙に見つめ、こう告げる。

「わたしたちは、あなたに賛成票を投じます、ホーマー」

「では、行こうか」アダムスが聞こえるほどの吐息をついた。

かれらは順々にテラニア中枢のハンザ司令部に向かって転送された。そこでハンザ・スペシャリストたちに迎えられ、会議室まで案内されることになる。

男ふたりがアダムスと握手をかわし、一行にくわわった。ひとりは百四歳のアーノルド・シュワルツ。禿頭《とくとう》で、無表情だ。アダムスがハンザ・スポークスマンとして宣誓させ、アトランの代理として選んだ男である。もうひとりは三十三歳のトルン・アクシアム。ティモ・ポランテと同世代で、すくなくとも同じくらい鍛えられたからだつきをしていた。宣誓して就任する以前はハンザ・スペシャリストとして外勤し、セト＝アポフィスとの戦いにおいて功績をあげたもの。ジェン・サリクの代理ハンザ・スポークスマンだ。

「じつにいい部下を集めたものだな、ガーシュイン」ストーカーは賞讃の声をあげた。

「みな、きみのためなら水火も辞さないだろう。これでうまくいかないはずがない」

「きみが二度と妙なことをしなければな」アダムスが反撃した。

「きみの指示にしたがうとも、友よ」ストーカーは邪心なく誓った。銀色の防御バリアのせいで、その目を見ることができないのが残念だと、アダムスは思う。

会議室に到着し、アダムスがまずなかに足を踏み入れた。ガルブレイス・デイトンとジュリアン・ティフラーがすぐに駆けより、質問攻めにする。だが、アダムスはこれをはねつけた。すると、ふたりは銀色の人影を見て、驚きをしめす。

「警告者が復活した？」ティフラーがたずねた。

「万事に潮時というものがある」アダムスが答えた。「全員そろったのか？」

「ペリーとコスモクラートふたりがまだです」デイトンが答え、アダムスの顔に浮かんだ拒絶に気づくと、すばやくつけくわえた。「ペリーがタウレクとヴィシュナの出席を要求したので」

アダムスは、あきらめてなにもいわない。そこにレジナルド・ブルが姿をあらわし、「自己断罪とは、なんとばかげたことか、ホーマー？」と、がみがみいう。「自分自身をどう非難するつもりかは知らないが、わたしはきみを信頼しているのだぞ」

アダムスは笑みを浮かべた。極度に緊張している。できれば、この件がすでに終わっていたらどんなにいいか。

「ブリー、わたしは宇宙ハンザの規程をおかしただけでなく、一連の法をおかしたのです。この件にかたをつけなければなりません」

ブルはアーノルド・シュワルツとトルン・アクシアムを一瞥し、こう告げた。

「わたしの代理も決めてくれてよかったのに。会議が大嫌いでな。有意義なひまつぶしを知っていたらよかったのだが」

「今回の会議は大変に重要なのです」と、アダムス。「ですが、先どりするのはやめておきましょう」

ほかのメンバーが躊躇しながら席につくあいだ、ストーカーだけが無言のまま、銀色の影としてその場にのこった。ローダンがコスモクラートふたりを連れて到着するまで、アダムスはもう一度、自分の最終弁論を思い起こし、正当化することで切りぬけられる見こみについて考えてみる。

実際、ワリンジャー、テケナー、ティロン、ダントン、デメテル、コチストワ、あるいはモントマノールがどのような反応を見せるか、わからない。ただわかるのは、自分が屈することはなく、復権するならしかるべき要求もするということ。

さらに、十七対十七の引き分けになった場合、ネーサンが自分の側につくこともわかっている。

ただ、最大の不確定要素は、予測のつかないストーカーだ。

やがて、ペリー・ローダンがコスモクラートふたりを連れてあらわれた。

＊

わたしの最初の過ちは、宇宙ハンザの鉄則である〝ハンザの書〟に宣誓していない客人をスチールヤードにかくまったこと。その者は宣誓できるはずもなかった。なぜなら、この銀河系の住民ではないからだ。ただ、いずれにせよ、この宣誓は改訂が必要だろう。というのも、ハンザの書はネガティヴ超越知性体セト＝アポフィスに関する内容で、とうに有効なものではないから。

最初の過ちにより、わたしはさらなる罪をおかした。品行方正なハンザ・スポークスマン三名を巻きこみ、共犯者にしたのだ。かれらの信頼につけこみ、従属させた。セレステ・マラニタレス、パトリシア・コルメト、ティモ・ポランテは全面的無罪である。復職させるべきだ。

三名は、警告者放送に対しても責任を問われるべきではない。なぜなら、わたしの客人ストーカーの影響下にあったため、自分たちの意志に反して行動したのだから。結局、それもわたしの責任だ。最初に海賊放送局アケローンの映像を見たさい、だれが背後にひそんでいるのか、わたしはすでに知っていたから。警告者のシンボルである、三本の矢の先端をつないだ三角形は、力の集合体〝エスタルトゥ〟の紋章。ストーカーはエスタルトゥの使者なのだ。そのことに気づいたわたしは、この時点ですでに、警告者の背後にひそんでいるのはストーカーしかありえないと、わかった。

ストーカーに釈明をもとめたところ、すぐにかくしだてすることなく、自分が警告者放送の主導者だと認めた。とはいえ、エレメントの十戒の危険性をテラナーに警告するための誠心誠意の行動だったと断言したもの。さらに、警告者の予測は高い確率で的中するとネーサンが保証した。これはのちに、実際の出来ごとによってしめされたとおりだ。それでもストーカーの行動が許され、わたしの責任が軽減されるものではないが。

考えられるかぎり、放送のタイミングは都合のいいものだったとはいえない。そのうえ、テラナーたちを動揺させることになった。というのも、十戒すなわちカッツェンカットが警告者だと誤解されたから。もし、わたしがストーカーの名を世間に公表していたならば、ことの真相は判明していただろう。ところが、わたしはこれを断念した。そうすることで、喫緊《きっきん》の問題にのみ集中できると思って。最初のコンタクトのさい、ストーカーをすぐにハンザ・スポークスマンやLFTやGAVÖKに紹介しなかったのと同じ理由で、警告者の一件後もそうしなかった。つまり、さらなる混乱を引き起こしたくなかったのだ。こうして、ストーカーが姿をあらわすのはクロノフォシル・テラの活性化後という合意がそのままとなった。

　問題をもみ消すために、わたしはさらなる罪を重ねなければならなかった。つまり、海賊放送局の発信源がネーサンだとわかってしまうことを恐れたのだ。それゆえ、ストーカーの匿名性を守るため、みずからスケープゴートになるというハンザ・スポークスマン三名の提案に同意した。すくなくとも、三名のうちのひとりはつねにスチールヤードにいたので……ストーカーが見つかるのを防ぎ、いわばかれを監視するためだったが……かれらに対する容疑事実を再現することはむずかしくなかった。

　とはいえ、わたしの方法では、嘘八百を維持するのに充分ではなかっただろう。だが、さいわいにもコスモクラートのタウレクが、警告者の件に関する調査を事前に打ち切ったのだ。それでも、ロナルド・テケナーがこの件を引き継ぎ、さらにスリマヴォの協力を得たとき、見破られる危険性はふたたび高まった。

　ところが、ストーカーにはこの危機をふたたび回避する特殊な能力があった。あとで本人から打ち明けられたことだが、その超能力を使い、ハンザ・スポークスマン三名に影響をあたえたという。こうしてストーカーはかれらにネーサンを操作させ、警告者放送を可能にしたのち、この件に関する記憶を消去し、にせの記憶を植えつけたのだ。

　それは必要なことだったと、わたしも思う。なぜなら、三名はストーカーに協力し、わたしと同じく、かれに関するすべてを知っていたから。ストーカーの外見と出自を。

尋問されればこれらを明かしてしまうだろう。すくなくとも、テレパス相手では、知っていることをかくし通せない……もちろん、スリマヴォのようなエンパスに対しても。

そのうえストーカーは、にせのシュプールをのこすよう、三名を暗示にかけた。これにより、ティモ・ポランテはからだに警告者シンボルを入れ墨し、セレステ・マラニタレスは警告者シンボルのアミュレットを身につけ、パトリシア・コルメトはスウィンガーのもとに行くことになった。けっして危険でないとはいえないこれらの操作の責任は、すべてわたしにある。わたしのとった行動について、関係者全員に謝罪したい。とりわけ、ひどい目にあったロナルド・テケナーとハンザ・スポークスマン三名に。にせの状況証拠が充分にそろうと、わたしは三名を警告者一味と断罪し、ハンザ・スポークスマンとしての職を解いた。

スチールヤードはもはや安全なかくれ場とは思えなくなったため、ストーカーとともに三名を小惑星帯に送った。まだ《ツナミ114》がかくされていたから。だが、そこもまた安全ではなかった。すなわち、警告者放送がコントラ・コンピュータの計算にもとづいたものであることを、ストーカーはわたしに黙っていたのだ。つまり、かれはスチールヤードにくる前に、すでにこの計画を練りあげていたということ。

いまだによくわからないのは、ハンザ・スポークスマン三名の〝有罪が確定〟したあと、なぜストーカーがふたたび海賊放送局アケローンを作動させたのかだ。テクはこれにより、この事件の背後にはなにかかくされていて、ハンザ・スポークスマン三名はただの囮《おとり》だと気づいたのだから。

テクはただちに調査を再開し、ストーカー、セレステ、パトリシア、ティモがかくれていた《ツナミ114》を発見する。パニックに駆られたストーカーはツナミ艦を破壊し、これにより太陽系をめぐる逃走がはじまった。ハンザ・スポークスマン三名の逃走は、オリンプで終止符を打つことになる……事件をもみ消せるほかの方法は、わたしには思いつかなかった。ストーカーの逃走は、ふたたびスチールヤードで終わった。

わたしはテクという男と、その鋭敏な嗅覚を知っている。かれが足跡をたどるのは明白だ。案の定、テクがやってくるまで長くはかからなかった。わたしは、警告者として自分自身をさしだそうと考えた。真実すべてを認めることを恐れたのだ。なぜなら、クロノフォシル・テラをめぐる戦いが迫ったいま、銀河系の戦闘力低下をしめすものはすべて回避しなければならないから。

わたしはテクに対してみずから警告者をよそおい、だれにも本当のことをいわないと誓うようにたのんだ。テクなら警告者事件を、ネーサンの失敗に終わった試みとして、無害なものと見せかけることができるだろう。つづく混乱のなか、だれも再調査しようとは思わないはず。

ところが、その後、テクの記憶も操作することが得策と判明した。メンタル安定人間や細胞活性装置保持者の記憶さえ、ストーカーには操作可能なのだ。すなわち〝プシ・リフレクション〟能力を持つということ。他者の思考を、ミュータントの思考をも反射し、増幅させ、ゆがめ、任意の順番に再編成できる。その結果、被害者はその後、完全ににせの記憶心像を持つことになる。

わたしはストーカーを〝プシ・リフレクター〟と呼びたい。このことは、わたしの供述とともに、よりよい理解と全体的な事実関係の透明性に役だつものと思う。わたしはけっして弁解するつもりも、罪をあえて軽く見せるつもりもない。この件に対する全責任を負う。なぜなら、わたしはストーカーに影響されたと主張できないから。みずからの意志で決めたのだ。そしておそらく、ふたたび同じように行動するだろう。

わたしが酌量減軽の事由を申し立てできるとすれば、こういえる。わたしは利己的にふるまったわけではなく、ひたすら宇宙ハンザの福祉と繁栄を考えたのだと。

ストーカーは力の集合体エスタルトゥの使者で、その宙域を統制する超越知性体も同じ名前を持つ。友好目的でこの宇宙にきたそうだ。われわれと交易関係を結ぶために。

みすみすこの機会を逃すことは、わたしにはできなかった。

ストーカーの唯一の過ちは、われわれとコンタクトをはかるにはまずいタイミングを選んだこと。とはいえ、それはかれにはどうしようもなかったのだ。

わたしがストーカーという呼び名をつけた相手は、ソト＝タル・ケルという。

ロナルド・テケナーは、無表情でそこにすわっていた。いま聞いた話は、まったく気にいらない。

「どうしたの、テク？」ジェニファーがたずね、腕に触れた。「ひどい仕打ちをされて、個人的に怒っているのね。でもこれは、あなたの名誉よりももっとだいじな問題よ」

「物笑いの種にされて、だれがよろこぶものか」テケナーが応じた。「とはいえ、きみのいうとおりだ……これはもっとだいじな問題だ」

テケナーがスチールヤードのアダムスを訪問したあと、スリマヴォは、なにかようすがおかしいといって何度も注意を喚起したもの。そして、その特殊能力でかれを助けると申しでた。ところがテケナーは、どうせ彼女の気まぐれだろうと決めつけ、真剣にとりあわなかったのだ。

＊

いまとなっては、その申し出によろこんでたよるべきだった。実際、当時なにが起こったのか、知りたいものだ。とにかく、ほんものの記憶をとりもどしたい。

アダムスの自己断罪が終わると、出席者全員の注意が銀色の影に注《そそ》がれた。だれもがこの存在を警告者だと思っている。いま、銀色に輝くオーラが明るくなり……その下から一見、人間と見間違えるようなヒューマノイドの姿があらわれた。

すくなくとも、その顔はどう見ても人間だ。たとえ、完全に禿頭で、やや幅広で粗野な顔に、不自然に盛りあがった眉骨をしていても。まさに挑発するかのごとく、頭を前に突きだしている。人間的なだけでなく、優しさにあふれた表情豊かな顔だ。幅広の口が魅力的な笑みをたたえている。

胴体と四肢だけが、いささか異常に見えた。上腕の長さは前腕の半分で、大腿と下腿の比率も同様だ。アーチを描く細い上体は比較的短く、うしろに張りだした骨盤につづく。

ヒューマノイドは、銀色の模様がついた淡青色のコンビネーションを着用していた。胸に銀色の三角形シンボルが見える。裸足だった。

「この者を知っている」と、テケナー。「すでに一度、ホログラムで見たことがある。ただし、コンビネーションは身につけていなかったが」

実際、セレステ・マラニタレスがあのときシミュレーションしたのは、まさにこのストーカーの映像だったのだ。それは、テケナーがスリマヴォをともない〝異銀河クラブ〟を訪ねたときのこと。もっとも、セレステ自身、だれの姿を投射したのか、当時はまったくわかっていなかった。ストーカーはそのとき、すでに彼女の記憶を操作していたにちがいない。

「この者が、ほかにまだどんな罪をおかしたのか、すべて知りたいものだ」テケナーは声に出していった。ひょっとしたら、スリなら手を貸してくれるかもしれない。だが、すでに彼女とコンタクトがとれなくなって久しい。

スリマヴォが《ツナミ2》からいなくなったのは、ペリー・ローダンがテケナーにパシシア・バアルの面倒をみるよう託したときのこと。ローダンはこの、類《たぐ》いまれな能力を持つアンティの少女によってアプトゥト星系に引きよせられたのち、種族のきびしい戒律からパシシアを守るため、ツナミ艦に連れてきたのだ。ジェニファーが彼女の世話を引き受けたが、その後、スリはなにもいわずに姿を消した。嫉妬心のせいでなければいいのだが。テケナーはそう思ったもの。

「わたしは超越知性体エスタルトゥの通商代理人、ソト＝タル・ケルだ」こんどは、ヒューマノイドが話しはじめた。そのさい、からだを奇妙にねじ曲げながら、跳ねまわる。「とはいえ、テラふうのストーカーという呼び名も非常に気にいっている。まず、ホーマー・ガーシュイン・アダムスがわたしのためにしてくれたすべてに対し、礼を述べたい。とりわけ、わたしに関してとてもポジティヴな印象を持ってくれたことと、あらゆる罪をかぶってくれたことに対し、感謝する。そもそも、わたしはこのようにかばってもらうに値《あた》いしない。ガーシュインがみずから責任を負ったことの多くは、わたしがかれの同意を得ず、事前に知らせもせず、勝手にしたことだ。そのため、訂正を要求する。なぜなら、ガーシュインは他人の罪の償いをすべきではないから。わが行動の責任はわたしにある。わたしは知らなすぎた。モラルと倫理に関して、きみたちとはいささか概念が違うのだ。わたしは目的が達成できるなら、つねに手段を選ぶとはかぎらない。ガーシュインと話したことで、意義ある行動ができたと思っている。われわれ、ふたつの力の集合体の交易関係について交渉をはじめられるだろう。とはいえ、もちろん、ハンザ・スポークスマンの採決に口出しするつもりはない」

ジェニファーはテケナーに向かってかがみこみ、いった。

「地位の高い外交官というより、田舎のコメディアンみたいね。それでも、認めなくてはならないわ。かれのなにかに引きつけられてしまう」

「ストーカーが〝かれ〟であるかは疑問だな」テケナーが応じた。「性別のない中性だと思っていた」

「それでも、引きつける力があることは変わらないわ」と、ジェニファー。「人を魅了するなにかがあるのよ。わたしはホーマーを非難できない。おそらく、ほかのだれもが同じように行動したでしょう。ホーマーに賛成票を入れるわ」

「反対票を入れる者などいないだろう」テケナーは確信するようにいった。「それでもストーカーを受け入れる前に、その腹の内をしかるべく明かしてもらわなければ。かれ、いったいタウレクをどうしようというのだ？」

コスモクラートふたりがすわる場所に、ストーカーが踊るような足どりで近づいていく。ふたりの前に立つと、タウレクに注意のすべてを向け、さらに挑発的な態度をとった。テケナーにはそう見えたのだ。

「コスモクラートたちよ!」ストーカーがいった。いつもは心地よく響く声が、文字どおり、あざけりに満ちあふれている。

沈黙が会議室にたちこめた。ストーカーは、挑発するかのごとく顔を前に突きだし、下腹部もさらに強く押しだす。タウレクがゆっくり立ちあがると、ささやき服の音がホールのすみずみまで押しよせた。

ストーカーの隣りに立つと、タウレクは小柄に見えた。相手を見あげなければならない。それでも、この身体的に不利な状況を、黄色い猛獣の目の見透かすような視線が補う。タウレクは左手をベルトにかけ、そこにさがる容器のひとつに指で触れていた。しばらく、両者は立ったまま向き合い、動かない。まるで、たがいのようすを探り合う猛獣二匹のようだ。そう、いまここで対峙《たいじ》している二名が敵同士だというのは、この邂逅の目撃者であるだれの目にも明らかだった。両者のあいだを、けっして相《あ》いいれることのない対抗心が支配している。ここに居合わせただれもが、これを疑わなかった。

タウレクとストーカーは、不倶戴天《ふぐたいてん》の敵なのだ!

「そろそろ正体をあらわすべきだと思わないか、ストーカー?」突然、タウレクが静寂に向かっていった。そのさい、唇をほとんど動かさず、いつもはその声に感じられる伝染するような陽気さがみじんもない。冷たく、威嚇《いかく》するような、仮借なき声だ。ストーカーは思わず、あとずさりする。タウレクは同じ声の調子でつづけた。「きみの仮面はテラナーには充分かもしれないが、わたしにはお見通しだ。きみに双子の兄弟がいることも知っている。さっさと、かくれんぼを終わりにしようではないか？」

タウレクは突然、前に向かってジャンプした。ストーカーは不意を突かれ、反応がまにあわない。

タウレクは右手でストーカーの顔をつかみ、左手を背中に伸ばした。すばやい動きでコンビネーションを引っ張ると、これをずたずたに裂く。一瞬、ふたりの姿がもつれ合った。まるで格闘しているようだったが、やがてストーカーの動きが鈍くなると、かれはただコスモクラートの攻撃をかわそうとしただけだとわかる。ストーカーが抵抗をあきらめると、タウレクは突然、相手からはなれた。

ストーカーの引き裂かれたコンビネーションが、からだからさがっている……ところが、コンビネーションだけではなく、顔とからだの皮膚もまた垂れさがっていた。その下から、褐色の骨格が見える。タウレクがこしらえたたくさんの〝傷〟により、軟骨だけでできているような骨張った腕と脚があらわになった。ストーカーがおもむろにヒューマノイドのマスクを顔からはずす。その下からあらわれたのは、なめされたような筋束によって結合する骨張った顔だった。背中からは細長い生体物質が垂れさがり、前湾《ぜんわん》した脊柱にはめこまれたようなかたちをした背嚢《はいのう》の輪郭が見える。

ストーカーの真の顔が痙攣《けいれん》し、キチン質の頬の筋束がぴんと張り、全体としてさらに威嚇するような姿勢になる。

突然、完全に予想外のことが起きた。ストーカーを非難したさい、みずからこれを暗示していたタウレクさえ、予想がつかなかったらしい。ストーカーの胸の生体マスクがはじけ、尻尾のついた身長一メートルほどのちいさな骨張った生物が外に飛びだしたのだ。弾むように床に着地すると、ストーカーの細い脚の一本を巧みによじのぼる。肩の上まで達すると、よく通る鋭い声で叫んだ。わかりやすいインターコスモだ。

「冷静に、冷静になるのだ！　あのいやなコスモクラートのひとりに挑発されてはならない。きみともあろう者が！」

タウレクいうところのストーカーの〝双子〟が、不意を突いてあらわれたのだ。それがどういうわけか、この場を静めた。この侏儒のような生物の出現が、すべてをグロテスクにゆがめ、緊張感を消しさる。

タウレクはもう、まさに跳びかかろうとする猛獣のようではなくなった。ストーカーは演じ終えた俳優のごとく、生体マスクをきれいにかたづけている。

この出来ごとがなければ、時機を逸せずなにが起きたのだろうか。テケナーは疑問に思った。

6

ペリー・ローダンは実際、心ここにあらずだった。

ゲシールがかれに向かって、まもなく父親になると告げたことを思い起こす。そのほかのほとんどの時間は、クロノフォシル・エデンⅡに費《つい》やした。〝それ〟の力の集合体の中枢を、どうすれば見つけることができるのか。どこから捜索をはじめるべきか……エルンスト・エラート！　友の帰還が待ち遠しい。エデンⅡのポジションについてのヒントを友から得られるといいのだが。ローランドレはすでに、かみのけ座に向かっている。無限アルマダも出発した。ヴィールス・インペリウムの残骸は散開し、ギャラクティカーとのコンタクトをもとめている。異郷への、つまり〝星々への憧れ〟が、太陽系の全員の心をつかんだ……

これらすべてに、ローダンはとりくんでいた。それゆえ、アダムスからハンザ・スポークスマンの臨時総会に招集されたときは、しぶしぶしたがったもの。ホーマーの要請には応じたとはいえ、出しゃばらないようにしていた。

だが宇宙ハンザの経済部チーフは、異銀河生物と引き合わせれば、全員の興味を呼び起こすことができると思ったらしい。さらに、タウレクがさらなる緊張をもたらした。力の集合体〝エスタルトゥ〟の使者だという異人の仮面を剝ぐことで。

人間に似た存在だったソト＝タル・ケルは、キチン質におおわれた生物と化し、骸骨になる。ストーカーはいま、完全に裸でそこに立っていた。細い手足は、ただ骨だけでできているように見える。骨は、あらわになった腱と筋肉によって束ねられていた。高い位置にある腕の関節と膝は、円錐形の栓のような突起を持つ、補強された骨の構造体だ。胸郭は、肋骨状の骨板でできていた。前湾した脊柱による空間を背嚢が占める。

顔にはもう、人間らしさのなごりはなにひとつない。鼻のかわりに、嘴《くちばし》のような角質の突出部がある。そこには突きだしたひろい唇がついていた。両端のさがったふくよかな上唇によって、いまだどこか官能的に見える。

ひどく突きでた眉骨と〝鼻の付け根〟からつづく指ほどの高さの鶏冠《とさか》にもかかわらず、額は引っこんでいる。目立つ頰骨の側頭突起と、強く突きでた前頭突起のあいだに、黒く細長い瞳孔《どうこう》の黄色い目が埋もれていた。大きな目は三角形で、まぶたも三枚ある。ローダンがストーカーを観察しているあいだ、まぶたは一度しか動かなかった。

ストーカーには、長く伸びた尾骨がある。半ダースの軟骨からなる尻尾のなごりのように見え、頑丈な寛骨《かんこつ》からほぼ水平に突きだしていた。見たかぎり、動くたびにぎしぎし音がしそうだと、思わず考えてしまう。ところが、実際はそうではなく、ストーカーは音もたてずに、しなやかに動いた。そのさい、筋肉と腱が動くのがはっきりと見える。とりわけ、強く躍動的な下顎の上に張りわたされた頰の筋肉が動くと、表情の動きがきわだつ。

ジュリアン・ティフラーとガルブレイス・デイトンは、すばやく頭を切り替えていた。ストーカーとタウレクとのいさかいの直後、制服を着用した保安要員が四方八方から会議室になだれこんだ。武器の安全装置は解除され、発砲準備がととのっている。

ところが、状況はすでにおちついていた。

ストーカーの縮小コピイのような身長一メートルの〝双子〟が、ふたたび金切り声をあげる。

「冷静さを失うな！」侏儒は叫び、アカゲザルのような長さ一メートルの尾を自分のからだの中央でまるめた。とはいえ、まるでかわいらしさはない。「ごたごたうるさいコスモクラートのせいで！」

「口をつぐめ、スコルシュ」ストーカーはそう叱りつけ、ちいさなだだっ子を肩から追いはらった。スコルシュはわきを滑り落ちながら、左の太股《ふともも》にしがみつく。この厄介者にもかかわらず、ストーカーの脚の動きは優雅さを失わない。とはいえ、どことなくわざとらしくもあった。

その幅広で縦長のトカゲ頭の顔がふたたび、生体マスクをつけていたときと同じくらい、友好的になる。

「どうか、許してもらいたい」ストーカーはアダムスに向かって邪心なく告げると、ふたたび出席者全員に向きなおった。そのさい、タウレクとヴィシュナをみごとなまでに無視する。「だが、ほかにどうしようもなかった。この偽装工作を決意したことは、わがメンタリティのなせるもの。ヒューマノイドのマスクを選んだのは、テラナーに容易に接近するため。ただ遺憾なのは、コスモクラートがマスクを剝ぎ、この状況を利用してわたしに対する反感をあおろうとしたことだ」

ストーカーは、細い軟骨の腕を持ちあげた。まるで、出席者全員を抱きしめるかのごとく。

「わが友たちよ、それゆえ、わたしはこの姿になった。許されるならば、なぜこのような対立にいたったのか、ごく手短かに概要を説明しよう。これは、永遠の対立なのだ」

ローダンは、ストーカーの三角形の目が自分に向けられているのに気づいた。無邪気に、たずねるようにこちらを見つめている。ローダンは、手ぶりで発言を許した。

「三本の矢のシンボルは、エスタルトゥの紋章というだけでなく、わが超越知性体の生命哲学をあらわしたものでもある」ストーカーは声に力をこめた。そのさい、〝双子〟のスコルシュはおちつかないようすで、かれのからだの上を行ったりきたりしている。

「三本の矢は、シンボル化された三つの力……三本の道なのだ。一本めの下向きの矢はコスモクラート、秩序の勢力を象徴する。二本めの下向きの矢は混沌の勢力をあらわす。そして三本めの矢は、エスタルトゥがとった道。この第三の道は独立の道、自由の道だ。コスモクラートと混沌の勢力のあいだの中道ということ。エスタルトゥの諸種族は、コスモクラートにも混沌の勢力にも仕えない。かれらは両勢力のあいだの道を選んだ。本来、この宇宙のすべての種族が歩むべき道を」

ローダンは耳をそばだてた。ハンザ・スポークスマンたちはささやき合っているが、発言の機会をもとめる者はいない。ローダンは、人類がいつの日か超越知性体やコスモクラートから独立して独自の道を歩みはじめるだろうといった〝それ〟の予言をふたたび思いだした。当時はとても考えられなかったもの。ところが、ストーカーの供述により、たしかな糸口がはっきり浮かびあがる。〝それ〟が意図したのは、このことだったのか？

ストーカーは突然、タウレクに向きなおった。ふたたび、虎視眈々《こしたんたん》となにかを狙うようすになる。タウレクは部外者のような顔をしてすわっていた。まるで、すべては自分にまったく関係がないとでもいうように、眠そうな目で。

「エスタルトゥ諸種族の生命哲学は、もちろんコスモクラートにとって好ましいものではない」ストーカーが非難するようにいった。とはいえ、敵意はまったく感じられない。

「この宇宙のすべての思考生物がコスモクラートに背を向けたなら、どうなる？　そうなれば、コスモクラートは、これら下位次元の生物にさらにどのような影響をおよぼせるというのか？　われわれの宇宙におけるコスモクラートの影響力が失われはしないかと、タウレクは恐れている。それゆえ、かれはわたしを憎み、わが敵となるのだ。わたしをテラナーの敵と決めつけたいのも当然だろう。わたしがかれらに悪影響をおよぼし、コスモクラートと混沌の勢力のあいだの第三の道を進むよう、そそのかすのではないかと恐れているから。自己決定と独立と自由の道を」

ローダンは、このスピーチに感銘を受けた。視線をさまよわせる。ストーカーの言葉が、ほかの出席者たちにどのような作用をもたらしたか知りたい。息子マイクルは目で合図してきた。デメテルはかぶりを振っている。ティフは賞讃しているようだ。ワリンジャーは両手をあげ、音をたてずに拍手を送っている。イルミナ・コチストワは、レジナルド・ブル同様、心ここにあらずといった感じだ。ジェニファー・ティロンは夫になにかささやいているが、ロナルド・テケナーは表情ひとつ変えない。それでも、どうやら懐疑的なようだ。

ここでガルブレイス・デイトンが発言した。

「ひとつ、はっきりさせておくべきことがある。われわれはここで、コスモクラートに対する反感をあおるつもりはない」

「ストーカーはただ、タウレクの攻撃に対して防御しただけだ」ホーマー・G・アダムスが応じた。この男がどちらの側についたかは、疑いの余地がない。「ここは、コスモクラートに賛成か反対かを採決する場でもない。この会議の招集目的は、わたしの逸脱行為について判決をくだすため。ハンザ・スポークスマン全員に決めてもらいたいのだ。わたしが宇宙ハンザにとってのお荷物か、あるいはそうでないかを」

まもなく採決となり、結果はそれほど待つことなく出た。三対三十一でホーマー・G・アダムスに賛成票が投じられる。三票の反対票はだれが入れたものなのかと、ローダンは考えた。ロナルド・テケナーが立ちあがり、アダムスの腹心三名のもとに向かうのを見たとき、答えがわかった気がした。パトリシア・コルメト、セレステ・マラニタレス、ティモ・ポランテがアダムスに反対票を投じたとは考えられないか？　あまりにも明白な結果となるのを避けるために。

「この信頼の証明に対し、感謝する」ホーマー・G・アダムスが感情をあらわさずに述べた。まるで、ほかの結果は予想していなかったかのようだ。「とはいえ、宇宙ハンザ経済部チーフの職を受諾する前に、一連の条件を設けたい。すでに要求書はまとめてあり、その履行は宇宙ハンザの存続にとり重要なものと考えている。そこには、銀河系外空間の新市場の開拓もふくまれる。ハンザ・スポークスマンそれぞれに対し、これらの点について熟考を願いたい」

ペリー・ローダンは思った。換言すれば、エスタルトゥとの交易関係の受け入れを条件にするということか。

会議は次の機会に延期されることになり、だれもがほっとした。議論されるべき問題は、とうに既存の枠をこえていたから。

どのハンザ・スポークスマンも、アダムスによって作成された要求書を受けとった。アダムス自身は引きこもり、友たちが決意をかためるまでだれとも話そうとしない。

ストーカーは、専門家たちに釈明する意思があると表明したものの、背嚢や〝進行役〟と……かれはスコルシュのことをそう呼んでいる……引きはなされることは拒否した。それに対し、ミュータントとの対話には同意した。

「わたしには、かくすべきものはなにもない」ストーカーは無邪気に断言し、保安要員の横を気どって歩いていく。

*

ジョナス・コポは六十二歳。ハンザ・スペシャリストだ。つまり、宇宙ハンザの本来の使命を知っている。宇宙ハンザはNGZ元年に〝それ〟の要請により、ネガティヴ超越知性体セト＝アポフィスと戦うために設立された。それからもうじき四百三十年になろうとするいまでは、本来の役割を失っている。

ジョナス・コポは、セト＝アポフィス工作員を相手に戦ったこともあるが、いまや生きた化石も同然だ。ハンザ・スペシャリストというものは長くつづきすぎた。ホーマー・G・アダムスがいなければ、ジョナスも引退していただろう。だが、本当に宇宙ハンザのためになることをした唯一の人物である経済部チーフは、ハンザ・スペシャリストたちを引き受けてあらたな任務をあたえた。ハンザ商館として適した星系を探すため、送りだしたのだ。

あらたな任務は、ハンザ・スペシャリストに多くの気分転換をもたらした。より冒険的で、はるかに多くの危険をともなうものだから。銀河系の未知宙域をあてもなくさまよい、アンドロメダ銀河、マゼラン星雲、ちょうこくしつ座、ろ座に向かっていく……かれらは現代のプロスペクターであり、経済学の専門家であることはまれだった。

ジョナスはマゼランに一年以上滞在した。〝マゼランのよき精霊〟の影響を体験し、このクロノフォシルの活性化後、故郷銀河にもどってきた。

いまや、テラもまた活性化した。ヴィールス・インペリウムはほぼ残骸と化したが、その断片があらたなかたちをなしている。ジョナス・コポは任務を受け、宇宙ハンザのためにヴィールス・インペリウムの残骸を活用する方法を調べることになった。

それは明確な任務ではなかったが、ジョナスは柔軟に対応した。ハンザ・スペシャリストたる者、そうでなければ。さらに、以前に学んだとおり、秘密裡《り》に行動する。

表向きは、外地勤務の宇宙ハンザ職員として通っていた。これは充分に曖昧な肩書き
だ。公的には、高い地位にすらない。ジョナスの上には、数百万のハンザ職員がいる。
とはいえ、実際は、自分の行動を報告する義務のある相手はほとんどいない。結局のと
ころ、ホーマー・G・アダムスただひとりだけだ。

ジョナスは、多くを約束するような軌道上のヴィールス雲に行きたいと思う、大気圏の
テラナーのひとりだった。かれもまた、なぜか引きつけられ、誘うようなささやき声を
聞いたのだ。それは、おさえがたい異郷への憧れを呼びさました。すでに長いこと、大
勢の心のなかに眠っていた異郷への憧れを。

ただ……ジョナスは、このささやき声に屈することはなかった。宇宙の奥に向かいた
いとは思わない。そこは異郷でなく、家のようなものだから。母星テラとも強い絆で結
ばれておらず、宇宙ハンザとのみかたく結ばれている。そのために生きていた。

いまもまた、ジョナスは多くのテラナーとともに……その全員が人間というわけでは
ないが……テラの大気圏を突きぬけ、フェリーで軌道上に運ばれた。同行者のなかには、
ほかのハンザ・スペシャリストも十名いる。どうやら、だれもが飛行中に偶然知り合っ
たようだ。かれらが異郷への憧れについて話しているのを聞けば、無言の誘惑に屈した
ほかの"ヴィールス中毒者"の口から聞く言葉となんら変わりはない。

なかには地球上にのこる者もいて、その場合はヴィールス雲がかれらのところにやっ

てくる……すくなくとも、クローン・メイセンハートの報道によれば。そのなかにはハンザ・スペシャリストもいたが、ジョナスとその同行者はより手間のかかる方法を選んだ。そうすることで、あらゆる可能性が利用されるように。

いつもならテラの軌道は、交通量の多さと衛星基地や宇宙駅の数にもかかわらず、比較的すいているように見える。物体は無限の真空のひろがりに消えていく。ところがいまは、まるで既知宇宙の自然法則をまぬがれた異次元にもぐりこんだかのようだ。

つい先ほどまで、白い斑点のある青い巨大な球体に見えたテラが、霧の構造体にのみこまれた。霧は奇怪なかたちをとり、そこから頑強な構造体がひろがっていく。

フェリーがエンジンを停止し、押し流されていく。沈黙が支配した。乗客はもとめられてもいないのに、夢遊病者のように自分たちのフェリーをはなれる。

降機したのだ！

宇宙服も、ごく単純な呼吸装置も、宇宙の真空と寒さに対する防御手段もないまま、フェリーをはなれて虚空に飛びこむ。ところが、だれにもなにも起こらない。呼吸もでき、守られている。ヴィールス構造物がかれらをつつみこみ、酸素と熱を提供したから。かれらにとり、宇宙空間は梁《はり》のようなものだった。枝分かれした橋の上を歩き、明るいトンネルを通る。無重力状態ではない。ヴィールス構造物がいつもの重力を用意したのだ。

かれらはべつの世界に足を踏み入れ、そこに捕らえられた。単独だった者たちが、グループをいくつか形成する。ヴィールス雲にのみこまれ、かれらは姿を消した。

ジョナス・コポは、これらのグループのひとつに属していた。そのグループは、女六名、男五名の計十一名で構成されている。沈黙が支配した。かれらは、フェリーを降りた最後のメンバーだった。ジョナスが先頭に立ち、ほかのメンバーはあとについていく。偶然のようである一方、世界でもっとも当然なことのようでもあった。まるで、なにかに結合されたかのごとく。

ジョナスも、遠い世界へのおさえきれない憧れを吹きこまれていた。たしかに、すでにこれを心に感じる。それでも、屈することはない。

星々よ、待っていてくれ！

ほかのメンバー十名とともに、ヴィールス物質からなるアーチ形の橋をわたり、奇怪な雲のなかに進む。雲が薄くなり、らせん形に曲がりくねった橋の上に出た。周囲では、ヴィールスがスペクトルのあらゆる色に輝いている。

〈きみたちは、わたしになにをあたえようというのだ？〉ジョナスは、訴えかけるように思考でたずねた。べつのヴィールス構造物がかれらを迎え入れる。だれもが期待に満ちて周囲を見まわした。ヴィールスが変化しはじめたのだ。

すると、司令室のようなものが出現した。十一席の成型シートがならぶ。装置はない。

そのかわり、成型シートそれぞれの前にホログラムが見える。魅力的な女の映像だ。

「ベリーセ！」ジョナスは感動していった。まさに感銘を受けたのだ。ほかのハンザ・スペシャリスト十名もベリーセを見つめ、その姿に魅了されていた。

「わたしは、あなたたちそれぞれにふさわしいものを用意しました」ベリーセが、うっとりさせるような低い声で告げた。

するとジョナスにとって、いまだかつて経験したことがない幻想的な旅がはじまった。のちに思い返してみても、この旅での体験すべてを語ることはできなかった。ほかの者もまったく同様だったらしい。無類の経験をした記憶だけはあるが、あまりにみごとで、あまりに比類なきもので、言葉では語りつくせない。それは時間を超越した永遠への旅であった。はてしないようで、あまりに短いもの。

だが、やがて、この二度ともどれない一度きりの体験は、突然に終わりを告げた。ベリーセの姿がふたたびあらわれる。悲しげな笑みをたたえ、こう告げた。

「あなたたちは、これらすべてをもう体験できないでしょう」

ヴィールス雲は、ジョナスとほかのハンザ・スペシャリスト十名を解放した。気づくと、ふたたび、出発点のテラニア宇宙港にもどっている。多種多様な無数の宇宙船がならぶなか、ありとあらゆる人々にかこまれ、はてしない群衆にはさまれて身動きがとれない。頭上では、ヴィールス雲が押し流されていく。

ジョナスは〝自分たちの〟ヴィールス雲を目で追った。雲は、アラス、エプサル人、唯一のブルー族からなる混合グループの頭上でとまった。全員がまるで反重力リフト内のように浮遊しながら上昇し、ヴィールス雲のなかに消えていく。

ジョナスと仲間は、無言で立ち去った。なにもいうことはない。だれもが、チャンスを逃したことを知っていた。

*

レジナルド・ブルは、ゴシュン湖畔《こはん》の自宅にもどっていた。ポーチで腰をおろし、夕暮れのなか、鏡のように滑らかな水面《みなも》を見つめる。待っているあいだ、思案を重ねた。考えごとに没頭するあまり、家のなかから聞こえる物音に気づかない。完全に外界をシャットアウトし、みずからの宇宙のなかに引きこもっていた。

ただそこにすわったまま、二千歳をこえた人生を振り返ってみる。ときおり、晴れやかな笑みを口もとに浮かべ、ため息をつく。とはいえ、哀愁をおびた顔つきになるほうがずっと多い。

逃げこんだこの宇宙のなかで、こうしてふたたび満ちたりた人生をすごすのだ。とはいえ、それは絶頂期を過ぎた人生でもある。宇宙の発展において、いまもなおクライマックスはあるが、ブル個人にとってはない。

自分は、ただの塵粒にすぎない。だが、それがどうした！　そもそも、おのれは歯車のひとつなのだ。わたしがいなくとも、銀河系の歴史は、なにも変わりなくこのまま進んでいく。宇宙の発展については、いうまでもない。ブリーが個人として事象の進行に影響をあたえることはまったくないのだ。銀河系全体のためにあれこれしようとしまいと、重要ではない。

ブリー、おまえは吹けば飛ぶような塵粒なのだ。

なぜ、辞任し、自分が思い描いたとおりの人生を生きないのか。自分なりの流儀で。自分自身らしくあれ。ブリーはため息をついた。

すわったまま、外の湖をじっと見つめる。そして、待った。思考のなかに深く沈みこむあまり、かれの宇宙の防壁を突破した侵入者に気づいたのは、ようやく相手が目の前にあらわれたときだった。

「ティフ？　きみか？」

「なにがあったんですか、ブリー？」ジュリアン・ティフラーが親しげに訊いた。「あなたに連絡をとろうとしたのです、すでに最悪の事態を恐れて。ひどくふさぎこんでいるように見えました。どうしたのです？」

「わたしは元気だとも」

「ホーマーの要求書を見ましたか？」首席テラナーはたずねた。「どう思います？　あなたの意見が聞きたいのです。われわれ、決断をくださなければなりません」

「わたしはハンザ・スポークスマンの職をしりぞくつもりだ。辞任する」ブルが淡々と告げた。

「そういう問題ではありません」ティフラーが応じた。「ホーマーはハンザ・スポークスマンそれぞれに対し、代理人を設定するよう要求した。宇宙ハンザがいつでも定足数を満たせるように。とはいえ、それは肝心な点ではありません。ホーマーが自分のために要求した代表権も、どうでもいい。かれがそれを悪用する恐れはまずありませんし、ネーサンの制御方法なら充分にありますから。わたしがいいたいのは、力の集合体エスタルトゥとの貿易協定の件です。それについては、決定をくださなければならない。そして、それは宇宙ハンザだけの問題ではないのです」

「その件なら、モーティマー・スワンと話してくれ」と、ブル。

「だれですか、それは?」

「わたしの後任だ」ブルが答えた。「代理人として推薦した男だ。とはいえ、わたしは辞任する。つまり、かれがハンザ・スポークスマンのポストを引き継ぐわけだ」

「本気ではありませんよね、ブリー」

「本気だとも」

ティフラーが指を鳴らした。

「そうかんたんに？　いいかげんだと思いませんか、ブリー？　すべてを投げだすのは、まさに無責任です」

「いや、ティフ、そういうことではない」ブルは告げ、はかりしれないほど遠方から視線をもどし、相手をしっかり見つめた。「すべてよく考えてみたのだ。これ以上、この件について話し合うつもりはない。わたしがハンザ・スポークスマンであろうと、任意のだれであろうと、たいした違いはない。ほかのだれかなら、なにもせずにテラでただぼんやりすわっているのもいいかもしれない。わたしは、ふたたび活動的になりたいのだ。自分を満足させ、満たしてくれるなにかを見つけようと思う」

「それが、あなたの最後の言葉ですか？」

「もちろん、逃げだすわけではない、ティフ」ブルが弁明を試みた。「ただ、安逸をむさぼるには自分はまだ若すぎるし、精力的だと思っていることをきみに伝えたい。実際、わたしのかわりならいくらでもいる。その状況を、まさにわたしは変えたいのだ！」

「そこにすわったまま、のらりくらりすごすことによってですか？　なにを待っているのです？」

「いまに、わかるさ」

ティフラーが出ていったあとも、ブルはポーチにすわったままでいた。すわって、待っているのだ。そして熟慮する。長く考えれば考えるほど、決心がかたまった。

夜が訪れ、過ぎていく。ブルは夜明けが訪れてもまだそこにすわり、ゴシュン湖の滑らかな水面を見つめていた。

そしてとうとう、太陽が昇る前に、忍耐は報われた。空から、ちいさなヴィールス雲がおりてきたのだ。

これにより、ブルの待機は終わりを告げた。

7

ペリー・ローダンはストーカーのもとを訪れる前に、メンバーそれぞれと話をしてみた。そのなかには、ブレイク・ゴードンもふくまれる。ローダンの代理ハンザ・スポークスマンとして候補にあがっている男だ。

ブレイク・ゴードンは八十五歳。アジア人の風貌だ。からだの中心までとどく、ぼさぼさの顎髭が、さながら孔子のように見える。申しぶんないマルチ科学者だということは、ジェフリー・ワリンジャーの折り紙つきだ。当然、ワリンジャーはそれをよく知っている。ゴードンはかれのチームで働いていたから。

ローダンは、この人選に満足していた。

その後、ほかのハンザ・スポークスマンたちと話してみた。いずれも親しい友ばかりだ。基本的にはだれもが、アダムスの宇宙ハンザ改革要求について同意をしめした。自分たちの不在時に代理を立てるという点についても反対意見はない。名前が挙がった代理候補たちをすんなり受け入れた。

とはいえ、なかにはかなりの職務疲れを訴える者もいた。話によれば、かなり以前から感じていたという。セト＝アポフィスに関する問題がすでに解決されたときから。これはホーマー・G・アダムスの要求とはまったく関係がないと、だれもが断言した。この職務疲れは、クロノフォシル・テラの活性化によって深刻になったのかもしれない。その可能性を完全に排除する者は、だれもいなかった。

ロワ・ダントンは、こう告げたもの。

「われわれ、あらたな時代の幕開けに立っている。自分の地位にしがみつくつもりはない。宇宙ハンザには新しい血が必要で……未来については、わたしなりの考えがある」

イルミナ・コチストワは、ただこういった。

「わたしは疲れたわ。これからは、この行動力を医療研究に捧げたいと思うの」

彼女らしい辞任表明だ。

それに対し、プラット・モントマノールは、これを機会に、さらに集中的に銀河系における諸種族交流業務に専念したいようだ。

「宇宙ハンザに機構改革が必要というなら、いよいよもってGAVÖKにも必要だ。クロノフォシル・テラの活性化は、銀河系諸種族にギャラクティカーとしての自覚を植えつけた。これは、GAVÖKにも定着するにちがいない。わたしはこの任務に全力を注ぐつもりだ」

こうしてプラット・モントマノールは、ハンザ・スポークスマンの職を辞した。とはいえ、ロナルド・テケナーとジェニファー・ティロンは、まだ決めかねていた。ふたりとも〝若い力〟にチャンスをあたえる用意はあるようだ。

ローダンはレジナルド・ブルとも話したかったが、見つからないので、かわりにタウレクの意見を聞くことにした。もっとも、このコスモクラートが宇宙ハンザについてどう考えているのかを知りたいわけではない。訊きたいのは、ストーカーのことだ。どうやら、ふたりは天敵同士のようだから。

「コスモクラートとしては、ストーカーを基本的に拒否しなければならないのだ」と、タウレク。「とはいえ、わたしは客観的でありたい。そうなると、第三の道というのが、場合によってはテラナーに通行可能かもしれないと認めざるをえない。どうするかは、きみたちしだいだ。じゃますることは、わたしにはできないし、そうするつもりもない。この一連の問題については、もうなにもいわないことにしよう」

「で、ストーカーについては？」ローダンがたずねた。「たしかに、えたいのしれない存在かもしれない。それでも、なんとなく《バジス》にはじめて姿をあらわしたときのあなたを思いださせるのだ」

「きみがなにをいいたいのか、わたしにはわかる。それゆえ、この比較を侮辱とは思わない。たしかに、わたしは手の内を明かさず、つねにもっとも必要なことだけを打ち明けてきた。それがある種の傲慢さからくるものだと思いたいなら、思うがいい。それでも、わたしはけっして策士ではないといっておこう。第三の道という説は正しいかもしれないが、ストーカーはにせの予言者だ」

最後に、ローダンはホーマー・G・アダムスのもとを訪れた。

「《バジス》でエデンIIに向かって旅立つ前に、この件をかたづけておきたかった」と、告げた。アダムスの視線に気づくと、なだめるようにつづける。「いや。エデンIIがどこで見つかるのか、天才的なひらめきがあったわけではない。それでもわたしは、いまだにエルンスト・エラートがもどってくることを願っているし、もどれば急遽《きゅうきょ》、出発することになるかもしれないから。ただ、これだけはきみに知らせておきたかった。わたしはきみの要求を全面的に支持する。同様の意見ではない者を、わたしはひとりも知らない」

アダムスは大きな頭でうなずくと、ローダンの顔を見あげ、こう訊いた。

「で、もっとも重要な件はどうです？　わたしは、それが宇宙ハンザにはいい意味で、あらたな真の衝撃になると期待しているのですが」

「原則的には、われわれ全員、ほかの超越知性体の力の集合体との接触は進歩をもたらすという意見だ」ローダンが慎重に告げた。「とはいえ、この冒険にただやみくもに突っ走るわけにはいかない。これからは、きみに大きな責任がかかることになる、ホーマー。全権により宇宙ハンザを代表するわけだから。きみが宇宙ハンザだ！」

「いまの言葉をだれかが聞いたら、あなたが銀河系の運命をわたしの手にゆだねたと思うでしょうな」アダムスが、からかうようにいう。明らかな安堵の印だ。「とはいえ、わたしはただ経済面についてストーカーと交渉しただけ。さらに、それもまだ準備段階にさえ踏みだしてはいないのです」

ローダンは用意してきたすべての美辞麗句と助言を放棄し、これだけ告げた。

「ストーカーにだまされないようにしろ、ホーマー」

＊

「ああ、ペリー・ローダン！　とうとう、この銀河系における最大権力者と話す機会が訪れた！」

ストーカーは踊るように近づいてくると、ローダンの手をつかみ、心をこめてこれを握った。まるで崇拝する相手を見つめるかのように、目を輝かせて。あまりに大げさに見えれば見えるほど、ますます、これがただの見せかけとは思えなかった。

「わたしは最大権力者ではない」ローダンは訂正したが、ストーカーがさえぎる。

「そのような謙遜は不要というもの。きみは、この力の集合体にとり、エスタルトゥにとってのわたしのような存在だ。もちろん、われわれの立場はたがいに比較できない。

エスタルトゥが自由で独立している一方、〝それ〟はコスモクラートに依存しているという事実だけでも。それでも、われわれはある意味、同じ次元に立っている」

ストーカーはハンザ司令部内の、希望に応じてしつらえた部屋をいくつか使っていた。とはいえ、大きな要求もなく、テラナーの必需品はまさに自分に合っていると保証する。

突然、どこからかちいさな竜巻が近づいてきて、ストーカーの背中に跳び乗った。スコルシュだ。ストーカーの背中ごしにローダンをうさんくさそうにじっと見つめ、

「この詐欺師に法外な値段を吹っかけられるなよ、ストーカー！」と、金切り声をあげる。ローダンは、はじめて〝進行役〟の顔を詳細まで見ることができた。実際、ストーカーの縮小版のようだ。ただ、口も目も、尖った顎もV字形をしている。まるでゴブリンだ。おまけに、そのふるまいときたら、だだっ子そのもの。たえずストーカーにまとわりつき、よけいな口出しをしてくる。ローダンは自問した。ストーカーは、どうやってこれに耐えているのか。

「わたしにはスコルシュが必要なのだ」まるでローダンの思考を読んだかのように、ストーカーがいった。「スコルシュがいなければ、どうしていいかわからない。つまり、わたしはとても傷つきやすいから」

「そのように思ったことは、これまでなかったが」と、ローダン。「きみは、われわれの技術に対しても、ミュータントに対してさえ身を守ることができるのだから」

「精神的に、という意味だ」ストーカーが弁解するような笑みを浮かべていった。

「人がよすぎるのさ」スコルシュが割って入る。「わたしがいなければ、かれはあんたたちにエスタルトゥを二束三文で売りわたすだろうよ。さらに、われわれの超越知性体を経済的に破滅させるだろう」

ローダンは思わず、ほほえまずにはいられなかった。

「スコルシュは、もちろん大げさにいったのだ」ストーカーは、禿頭によじのぼろうとする進行役をうるさい昆虫のように振りはらおうとした。「とはいえ、わたしは非常に感情的でもある。だから、ときどき感情にブレーキをかけてもらわなければならない」

「タウレクと対立したときのようにか」ローダンがただちに口をはさんだ。

「まさに」ストーカーが考えるようにいう。「タウレクは、もちろん挑発してきたのだ。わが仮面を見ぬき、きみたちの目の前で真の姿を暴いた。すべては、われわれの友好関係を壊すために。もちろん、タウレクはコスモクラートとして、このコンタクトをじゃまするためにあらゆる手をつくさなければならない。その理由は、すでに述べたとおりだ。そして、おろかなわたしはほとんど、かっとなるところだった。だが、なんのために進行役がいるのか！　このように見れば、スコルシュはわが良心ともいえる。とはいえ、だれにとってもそうであるように、良心とは厄介なもの」

「聞いたか、ペリー！」スコルシュが甲高《かんだか》い声でがみがみいう。「これが、わたしがコスモクラートの平手打ちから守ってやったことに対する感謝の印というわけだ」

「わたしはむしろ、ストーカーなら精神攻撃に対して非常にうまく防衛できると思ったがね」と、ローダン。

「もちろんだ。かれはタウレクをずたずたに引き裂いただろうよ」スコルシュは確信するようにそう告げると、ストーカーの肩に乗った。「そうしていたなら、コスモクラートにはまさに好都合だっただろうな。これを、エスタルトゥを抹殺するためのいい口実に使えただろうから」

ストーカーは鷹揚《おうよう》に笑うと、遊び半分で進行役をたたいた。すると、スコルシュがその手に嚙みつき、ストーカーはたちまち手を引っこめる。

「そのようなぞっとする話はやめろ、スコルシュ。いずれにせよ、そんな話はだれも信じない」ストーカーがぴしりといい、ローダンに向きなおると、話をつづけた。「たしかにコスモクラートにとり、エスタルトゥの独断専行は目の上の瘤でしかない。この点にかぎっては、スコルシュのいうとおりだ。コスモクラートは物質の泉の彼岸から、すべてをゆがんだ視点で見ている。自分たちの味方でない者は、敵だと思っている。中道を認めようとしない」

「正直に認めれば、わたしもまたそのような中道についてよく知らないのだ」と、ローダン。「銀河系諸種族はコスモクラートとはいわば近しい関係にあるが、いかなる不利益も感じていない。われわれは、コスモクラートの召使いでも奴隷でもない。指示も命令も受けていない。モラルコードの修復に寄与するのは、みずから進んでのこと。この宙域が混沌の勢力によって脅かされているせいだ……いまもなお」

ストーカーはふたたび笑みを浮かべた。この微笑はどう見ても傲慢な感じはしない。

「申しわけないが、ペリー・ローダン、きみはせまい視野でものごとを見ているようだ。それについてまだ話す気はない。現状ではきみには荷が重すぎるようだから。きみは深淵の騎士で、コスモクラートの仲間ということ。つまり、指示を受けているわけだ。ただ、それに気づいていないだけ。コスモクラートが、いまのところはまだ長い手綱で操っているから。だが、もしかれらが手綱を引き締めようものなら、大変なことになるぞ。きみは逃れようとするだろう。そうなれば、きっと悲惨な状況が訪れる。そのとき、わたしの言葉を思いだすにちがいない」ストーカーは強く訴えかけた。突然、奇妙な表情であるものの、非常に人間らしく見える親しげな笑みを浮かべて、「だが、もうやめておこう。人生の楽しい話をしようではないか。それについては、宇宙にはいくらでもあるし、その一部はエスタルトゥでも見つかる。いまにわかるさ、ペリー……そう呼んでもかまわないか、わが友よ？　まずは、わたしが宣伝キャンペーンをはじめるまで待ってくれ。きみたちにエスタルトゥの〝奇蹟〟を見せるから」

「宣伝キャンペーンとは？」ローダンが驚いてたずねた。相手の話をさえぎるのは無作法だが、そうしなければストーカーをとめることはできない。どうやら、かれは大の話し好きのようだ。「どのような宣伝キャンペーンなのだ？　なんのための？」

「ガーシュインは、われわれの合意事項についてなにもいわなかったのか？」こんどは、ストーカーのほうが驚いてたずねた。「これは、われわれの交易協定の一部だ。ガーシュインは、これらの協定をわたしに承諾させ、同時にわたしも一連の条件を課した。活発な取引関係は一方通行なものであってはならない。銀河系にこちらの商品を送りこむだけでなく、そちらの商品も受け入れるつもりだ。わかっているとも。ガーシュインから説明を受け、わたしはそれを理解し……」

「きみときたら、なにもわかってない」スコルシュが甲高い声でがみがみいう。「ガーシュインにひどくからかわれたものだ。かれはきみからすべてを手に入れたが、なんのお返しもない。ハンザ・キャラバンはエスタルトゥに殺到し、きみが移住許可をあたえれば、災《わざわ》いのごとく移民部隊がエスタルトゥに襲いかかるだろう。われわれの〝奇蹟〟は、たちまち観光名所に降格だ。そのまま進めれば、きみは躍進する超越知性体を破綻させることになるぞ」

「しずかに、スコルシュ！」ストーカーが命じると、進行役は黙った。反抗的な態度ではあったが。「スコルシュがまたもや出すぎたまねをして申しわけない。こちらが銀河系についてよく知っている以上、エスタルトゥを詳細に紹介しなければ不公平になると、わたしは考えたのだ。エスタルトゥの十二銀河には、銀河系からの移民を受け入れることのできる無人の酸素惑星が充分にある。生活空間は充分にあるから、エスタルトゥ諸種族の感情を害することはないだろう。まもなく初の移民がエスタルトゥに向かって動きだすことを願っている」

「エスタルトゥはどこにあるのか？」ローダンが訊いた。

スコルシュが金切り声をあげはじめ、ストーカーはふたたび黙らせるのにいささか苦労した。

「エスタルトゥは、きみたちがおとめ座と呼ぶ銀河団に属する」ストーカーが応じる。スコルシュはこれ見よがしに耳の穴をふさぎ、痛ましいほどの泣き声をあげた。「ガーシュインがすべてのデータを持っている。わたしの宣伝キャンペーン開始に許可をもらえたら、公表するつもりだ。それについて質問があるのだが、ペリー。クローン・メイセンハートをどう思う？　わたしはあのジャーナリストと手を組むべきだろうか？」

ローダンは、ほんのすこし目眩をおぼえ、こういった。

「待て。いまの話だと、エスタルトゥは銀河系から数百万光年はなれているわけだ。そのような遠距離で、どうやって盛んな交易が可能だというのか」

「距離は、まったく問題にならない」ストーカーが説明する。「銀河系諸種族は、まもなくエネルプシ・エンジンを手に入れるだろう。プシオン航法の助けがあれば、数百万光年の距離もリニア飛行で翔破できる。このように見れば、われわれは隣人というわけだ。そろそろ握手するときがきたということ……」

おしゃべりだが重要なことはいわないのが、ストーカーの特徴のひとつだった。わかりきったことをうだうだ話し、わずかな情報をさしこんでくるのみ。もうたくさんだ。ローダンはストーカーとその口やかましい進行役から、文字どおり逃げだした。

この会話で得たものはなにもない。ストーカーの本心を見ぬくことは自分には不可能だ。もっと忍耐強い専門家にまかせよう。ストーカーは超越知性体の使者というより、むしろ冒険家のぺてん師に思える。心の内が見通せない。

ローダンは自問した。そもそも、ストーカーの目的はなんなのか？

転送機で《バジス》に向かう。到着したとたん、ガルブレイス・デイトンの部下たちがホログラムを転送してきた。かれらはストーカーの宿舎をずっと見張っており、ローダンの訪問のすぐあとのようすをホログラムに記録しておいたのだ。

「わたしはどうだった、スコルシュ？　教えてくれ」と、ストーカーがいっている。

「きみは能なしだ、ソト＝タル・ケル。すべてを相手にあたえ、収穫はなにもない。しまいには、ギャラクティカーにきみの生命哲学まであたえるだろうよ」

「そうかもな。そうする必要があるのなら……」

この内輪話は、もちろんまったくなんの意味もない。会話はわざとらしく、疑問はのこったままだ。実際、ストーカーはどのような目的を追求しているのか？

＊

「三週間前のきょうだったたな。きみから知らせを受けたのは」夫は思いだすようにいい、笑みを浮かべた。「わたしはわれを忘れ、無骨者のようにぼうっとしたもの……伝説のウォルティ・クラックトンのように」

「記憶力は大丈夫？」妻は驚いたようにいう。

「なぜだ？　たしかに三週間前のことだろう、わたしが父親になると聞いたのは」

「三週間と十時間前よ！」妻が訂正した。きょうはNGZ四二九年二月二十日。《バジス》では夜の時間帯だ。

「きみはなんて美しい」夫はいった。「わたしは二千年ものあいだ、きみのような女を待っていたのだ、ゲシール。ほかの妻たちのことも愛していた。とりわけモリーを。だが、きみのような女ははじめてだ。きみはわたしを、この力の集合体においてもっとも幸せな男にした……宇宙一の幸せ者だ。三週間と十時間か。かつて、それくらいの胎児はまだ生物として気づかれない時代があった。だが、きみはすでに子供の存在をとても強く自覚している。この点において、きみは特別な女だ。もう、性別もわかっているのか？　男の子、それとも女の子？」

「それはまだ、わからないわ」

「ならば、楽しみに待つこととしよう。話は違うが、わたしが《バジス》でエデンⅡの捜索に出発したら、きみはテラにもどったほうがいい」

「ペリー！　そんな大げさにしないで。妊娠中のわたしをパラトロン・バリアの下に閉じこめておくことはできないわ。わたしはあなたが思っているより、たくましいのよ」

「それでも……」

「しっ！」彼女は夫の唇に指を当てる。ペリーは口をつぐんだ。「いまは宇宙の問題についてあれこれ悩むのはやめましょう。リラックスして。あなたはエデンⅡを見つけるわ。わたしはそう確信しているの」

「ほかにもたくさんの……」

こんどはゲシールは、ペリーの唇をキスでふさいだ。夫がいつのまにか細胞活性装置によってもたらされたおだやかな眠りに落ちても、まだしばらく起きていた。

彼女もペリーとまったく同様に、子供の誕生を楽しみにしている。ぜがひでも子供がほしかったのだ。それでも、なにか不安を感じる。ほんのすこし、母親になるのが恐い。

〈ヴィシュナ！〉呼びかけてみた。さらに意識を集中し、〈ヴィシュナ！　わたし、ペリー・ローダンの子供を生むのよ〉

〈おめでとう、妹よ！　なにを恐がっているの？〉

〈本当に恐いわけではないわ。ただ、ある点に関して自信が持てないだけ。わたしは子供の父親のすべてを知っているのに、自身についてはなにを知っているというの？　わたしはだれ？　そもそも、わたしは何者なの。人間、それとも？〉

〈わたしはまったく心配してないわ、ゲシール。あなたは、あなたが感じるままの存在。人間の女なのよ。あなたがテラナーの子供を身ごもったことが、その最高の証明ではないの？　だから、悩まないで、妹よ。あなたはいい母親になるわ〉

ヴィシュナの最後の思考に、あざけりのようなものがふくまれていなかった？　でも、ひょっとしたら、気にしすぎなのかもしれない。

わたしは人間の女！　ゲシールは、そう自分にいいきかせた。

ペリー・ローダンの子供の母親になるのよ！

ヴィーロ宙航士の旅立ち

エルンスト・ヴルチェク

1

第一の〝奇蹟〟エレンディラ……至福のリング

星間放浪者よ、おとめ座に導かれよ。これは、鉄器時代のはじめにテラをはなれ、星々のもとにのぼった正義の女神アストレアの伝承物語だ。いにしえのギリシア人が星座神話を生みだし、神々とその子供たち、支配者とその親族を星々に昇格させはじめたとき、おとめ座と命名するにあたって、エスタルトゥのことも考えたかもしれない。

星々に呼びよせられるギャラクティカーよ、おとめ座銀河団に向かって飛ぶさい、ほかの無数の銀河に惑わされてはならない。NGC4649、メシエカタログの六十番をめざせ。これは、超越知性体エスタルトゥから生まれ、その擁護下にある十二銀河のひとつ、エレンディラだ。最大直径四万八千光年の比較的ちいさな、同時に非常に高密度の一銀河である。その内部では星々や星系が、信じがたい密度の中央凝集域のまわりにひしめく。

そこに、エスタルトゥの第一の〝奇蹟〟がある。それが、至福のリングだ。それは、エレンディラのいたるところで見つかる。英雄的行動の記念碑。エスタルトゥに仕え、その擁護者に力を貸して名声を得させた者たちの偉大さと力の証《あか》しである。

至福のリングは、とるにたりない星系で見つかるだろう。リングは、年配者ばかりが住む惑星、とうに文明が衰退した惑星をとりかこんでいる。とはいえ、さらなる発展を追いもとめる文明世界をもとりまく。たったひとつのリングしか持たない惑星もあれば、複数のリングを有する惑星もある。また、相当数のリングを持つ惑星もある。

さらに、いくつかの恒星の周囲は、惑星のかわりに一連の至福のリングがめぐっている。多数の小惑星帯だ。多数の惑星と多数の小惑星リングを持つ星系もある。惑星には衛星があり、さらに至福のリングによって飾られている。なんと、すばらしいショーだろう！　驚異に満ちたこの宇宙においても、比類なきものだ。

旅立て、星々に憧れるギャラクティカーよ。このエスタルトゥの第一の〝奇蹟〟を、みずから目にするのだ。

＊

「わたしは、あなたが望むものを自分自身からつくりだせます」ヴィールス雲がイルミナ・コチストワに告げた。だが、なかなかそうはならない。

イルミナには、特別な希望があるわけではなかったからだ。ただ、最新テラ技術の医療研究ステーションを望むだけ。すると、ヴィールス雲は、医療ステーションと、彼女の望む技術装置すべてを自分自身からつくると約束した。

「とはいえ、あなたにとって役だつのは、もちろん移動ラボだけですよ、イルミナ」ヴィールス雲が説明した。「つまり、空飛ぶラボが必要ということ。超光速エンジンをそなえたラボ船が」

「ええ、たしかに、それが理想的だわ」イルミナは賛同し、確信する。ヴィールス雲が、はじめて彼女のなかにこの希望を呼び起こしたのだ。

イルミナは、円錐形の船を選んだ。底部の直径三十メートル、高さ三十メートルの船をつくるのに、ヴィールス雲の質量は充分だった。独楽《こま》のかたちの船は通常飛行用にグラヴォ・エンジンをそなえ、先端をうしろに向けて飛ぶ。超光速航行用には、エネルプシ・エンジンを搭載していた。

「超光速航行には、宇宙にネットワークのように張りめぐらされたプシオン・ラインを使います」ヴィールス船が説明した。「このプシオン航法により、理論的には、絶対移動にいたるまでのあらゆる速度での航行が可能です。とはいえ、実際には、絶対移動までためすわけにはいきませんが」

「すくなくとも、それほど急いではいないもの」イルミナは笑いながら応じた。「いずれにしても、わたしには技術装置のほうがだいじよ」

彼女は提供された可能性について熟考してみた。やがて、まったく違う考えが生じる。宇宙が目の前に開けたのだ。いまだかつて人間の目が見たことのない領域に、足を踏み入れられる。未知の生物形態を調査し、生物の起源を探すこともできる。不死の究明に思いを馳せるのは、けっして大胆不敵すぎることはない。それでも、第一に病人のために働きたかった。その対象は、ヒューマノイドとギャラクティカーだけではない。

かつて、ジェフリー・ワリンジャーとともに、彼女の超心理インパルスに反応するスキャナーの試作品にとりくんだことがある。プシオン・インパルスに反応するコンピュータはすでにあったが、メタバイオ変換能力者の特殊能力に適応する技術装置はない。だが、スキャナーの試作品は実験段階でいきづまった。というのも、ジェフリーが急を要する案件のために、作業を打ち切らなければならなくなったから。

イルミナは、ヴィールス船が提供した可能性について把握したとき、この件を思いださずにはいられなかった。すでにヴィールスは、最上デッキにラボ一式を用意している。実際、あらゆる希望が叶《かな》えられたラボだった……ひとつをのぞいて。

イルミナがほとんど思考を形成しないうちに、ヴィールス船が反応をしめす。

「あなたの特殊能力に合わせたちいさな実験ラボを用意することもできます」ヴィシュ

ナの心地よい声が響いた。「ですが、それらの装置はあなただけしかあつかえないもの。このように注意喚起するのは、ひょっとしたら、あなたが無限への冒険旅行にもうひとり同行者を連れていきたいのではないかと思ったからです」

賢いイルミナには、ヴィールス船がいくつかの点において自分に影響をあたえようとしているのが、よくわかった。まだなんのかたちもしていないヴィールス雲が、超光速の医療ステーションになると申しでたときから、すでにそうだった。それでも、イルミナにはなんの文句もない。とはいえ、同行者を連れていくつもりはなかった。

「メタフォーミング用ラボがほしいわ」イルミナがそう告げると、ヴィールス船は中央デッキにこれを用意した。つづいて、下に向いた先端部に余暇室と居室を形成。イルミナはほんのすこし、腹だたしく思った。自分の同意もなく、さらに予備キャビンがふたつ用意されたから。とはいえ、怒りはすぐに消えうせた。

文字どおりの司令室はない。これは休憩室に組みこまれている。イルミナには、任意の機能を作動させるための制御装置はまったく必要なかった。ヴィールス船への命令は、言葉を発する、あるいは思考を集中させるだけで、充分だったから。

「わたしの名前はもう決めましたか?」船が訊いた。

イルミナは長く考えることなく、船を《アスクレピオス》と名づけることにした。医術の神の名にちなんだものだ。テスト飛行がもう待ちきれない。しかるべき指示をあたえようとしたとき、ヴィールス船から知らせがあった。

「ガルブレイス・デイトンから通信です」

「なんの用かしら？」

「自分で訊いたらいかがです？　それとも、出たくないのですか？　わたしがかわりに断りましょうか」

「なんの用なのか、訊いてみるわ」イルミナは応じることにした。居留守を使うのは、性に合わない。

キャビンの中央に、デイトンのホログラムが出現。映像は完璧なもので、まるで宇宙ハンザの保安部チーフが目の前に立っているような気がした。

「長いこと、どこに雲がくれしていた、イルミナ？」デイトンが、かすかな非難をこめて訊いた。「きみには、ハンザ・スポークスマンの職をさっさと投げだして逃げるなんてまねはできないはず」

「いいえ、できますとも」イルミナが笑みを浮かべながら応じた。「これはもともと、わたしの意志ではなかった。ただ好奇心旺盛で、ヴィールス雲を内側から見てみたかっただけ。でも、いまはもう決心がついたわ。わたしは、これまでの任務よりも、ずっとやり甲斐《がい》のあるあらたな使命を見つけたの。わたしの気持ちを変えさせるために連絡をよこしたのなら、あなたの努力はむだというもの」

「最後にひとつ、たのみがあるのだが」デイトンがなだめるようにいった。「ストーカーのことだ。一度、かれを精査してもらえないか？」

「つまり、メタバイオ変換能力者として？」

「そうだ。きみならフェルマーとグッキーよりも、成果が期待できるかもしれない」

「でも、テレパスがストーカーを探れないのは、最初から明白だったでしょう」と、イルミナ。なぜデイトンがこれほど失望しているのか、わからない。「だったら、わたしにもなにもできないのは明らかかよ」

「あらゆる可能性を無視するわけにはいかないのだ」デイトンのホログラムがいった。

「ひょっとして、きみなら、かれの生物学的特徴についてなにかつかめるかも。たいして重要とは思えない情報でもありがたい。ストーカーは協力的にふるまってはいるが、われわれ、かれについてほとんどなにも知らない。きみの助けが必要だ、イルミナ」

「ま、いいわ」イルミナが折れた。「でも、あまり期待しすぎないで」

《アスクレピオス》は、ヒマラヤ山脈の北山麓《さんろく》上空を漂っている。ヴィールス船はとりわけ大型ではないものの、イルミナは、この船でテラニア・シティまで飛びたくはなかった。不要な注目を集めたくないから。

「円錐の先端部を搭載艇にしたらどうでしょう？」ヴィールス船が提案した。「そのくらいならつくりなおせます。それに、搭載艇はこれからも必要になるでしょうし。転送機を設置するのも、じつに便利でしょう」

イルミナは、どちらの案にも賛成だったが、ハンザ司令部に向かうためには搭載艇を選んだ。グラヴォ・エンジンのあつかいに慣れておきたかったから。まもなく、二十世紀の宇宙カプセルに驚くほどよく似たミニチュア円錐艇が出現。彼女はそれで、屋上駐機場のひとつに苦労せずに降り立った。

イルミナは思った。このいやな任務をさっさとかたづけ、すぐにでもヴィールス船にもどりたい。

＊

ストーカーは、まさにポジトロン脳を持つアンドロイドといってかまわないだろう。すくなくとも、反証をあげることはできない。

その背嚢《はいのう》は、透視を不可能にする防御フィールドを構築する。ストーカーは、かつて生体マスクを装着し、人間の外見をよそおっていた。つまり、いま見せている姿もまた、マスクということもありえる。

ストーカーは、メタボリズムの詳細な検査をきっぱりと拒否した。〝法典〟を口実に、これを逃れたのだ。とはいえ、それがどのような種類の法典かは明らかにせず、ただこう告げたもの。

「わたしの言葉に注目し、表情としぐさに注意をはらえば、心のなかは見える」

ストーカーのふるまいは、徹底的に形式化されたもののように見えた。かれをアンドロイドだと思う者は、プログラミングされているというかもしれない。それでも、長くいっしょにいると、ときおり完全に予想外の行動によって驚かされることになる。この異生物には、つねに相手を驚かせる才能があった。

ハンザ司令部の宿舎にいるストーカーは、自分が常時、監視されていると知りながらも、それをまったく感じさせない。〝進行役〟スコルシュとふたりきりのときは、まるで見張られていないかのようにふるまう。もっとも、これはただの演技かもしれない。

何度となくストーカーの部屋を訪れたホーマー・G・アダムスが、あるときこの件についてたずねてみたところ、かれは無邪気にこう答えたもの。

「きみたちに失礼ではないかと思っていわなかったが、もちろん、自分とスコルシュが監視されていることは知っている。それはホストの権利であり、わたしでもそうするだろう。結局、きみたちはだれを相手にしているのか知りたいのだから。とはいえ、そちらが内緒にしている以上、この件についてわたしからいいだすわけにはいかなかった。きみがみずからタブーを破ってくれたおかげで、ほっとしたよ、ガーシュイン」

「きみについてもっと知りたいのだ。手を貸してもらえないか、ストーカー」アダムスが、すかさずいった。

「わが法典に抵触しないかぎり、よろこんで」ストーカーが答えた。「なんの話だろうか、友よ？　遠慮なく、いってみてくれ。完全に特定の答えにこだわらないかぎり、わたしにはなんでも訊いてくれてかまわない」

「テレパスと話してもらってもいいか、ストーカー？」

「もちろんだとも、ガーシュイン」ストーカーはうれしそうにほほえんだ。「前からずっと、グッキーやフェルマー・ロイドと知り合いになりたかったのだ」

すでに、テレパスふたりはしばらく前からストーカーの近くに張りつき、思考に探りを入れていた。これに気づいたかどうか、またもやストーカーは言葉ではしめさない。ただ、ストーカーの頸にしがみついているスコルシュだけが悪態をついた。

「思考スパイならエスタルトゥにもいるからな。こっちはもう慣れっこだが」

グッキーとフェルマー・ロイドは、近くの監視センターでこの会話を聞いていた。

「また収穫なし」ネズミ＝ビーバーが、ため息をついた。「このふたりときたら、まるでまったく考えちゃいないみたい。ぼくらが直接対決したって、これ以上なんにも期待できっこないよ」

「スコルシュがいっていたのは、露骨なあてこすりだろうな」フェルマー・ロイドがいった。「われわれ、実際、このような苦労をしなくてすむはずだが。とはいえ、ガルブレイスのたのみとあらば、しかたあるまい」

テレパスふたりは、通廊を進んだ。ところが、ドアに達する前に、グッキーがフェルマーの手をつかみ、ストーカーの宿舎にテレポーテーションする。突然、ミュータントふたりが出現すると、スコルシュは鋭い悲鳴をあげ、ストーカーの背嚢のうしろにかくれた。怒りながら、その肩ごしにふたりのようすをうかがっている。

「なんて、ひどいトリックだ」スコルシュはののしった。「客をこのように驚かせるとは、テラでも礼儀にかなったやりかたじゃないはず」

ストーカーが、スコルシュをぴしゃりとたたいた。訪問客ふたりを輝くばかりの目で、うれしそうに見つめると、

「ようこそ、ちいさなわが王国に」と、両手をひろげて歓迎した。「きみたちについては《ツナミ114》の資料からいくらか学んだ。ふたりにかまってもらえるとは、なんて光栄なのだ」

ストーカーは、複数の部屋からなる宿舎にテラの家具をそろえたいと主張したもの。完全に自分のニーズと一致するわけではなかったが。とりわけ明白なのは、異常に長い下腿には低すぎる椅子だった。くつろいですわることができず、両脚を投げだすか、かがみこむ姿勢をとらなければならない。

「これは、たんなる表敬訪問ではないぞ」フェルマー・ロイドは、はじめからストーカーに対して身がまえていた。それでも、会話が進むにつれて、徐々に不信感が消えてい

く。ストーカーの話すべてが、まじめで説得力があるように聞こえた。けっして、あざけるようなようすはない。自分の思考がテレパスには読みとれないことに遺憾の意をしめしたときですら、フェルマーには誠実に聞こえた。

だが、グッキーにとってはそうではない。ネズミ＝ビーバーは、自分の能力を発揮できない怒りに折り合いをつけることができないのだ。

「なにもかくすことがないんだったら、あんたのメンタル障壁をとっぱらったらどうなのさ、ストーカー」イルトが挑発するようにいった。「それとも、本当になんにも考えてないの？　だから、プシオン放射がないってわけ？」

フェルマーは思った。グッキーは興奮のあまり、礼儀というものを忘れている。どうやら、スコルシュも同じ意見らしい。憤慨して、こう叫んだのだ。

「なんという行儀の悪さだ、毛皮をまとった一本牙《きば》よ。そもそも、目の前にいるのがだれなのか、わかっているのか？　エスタルトゥの使者と話しているのだぞ。このストーカーは、超越知性体の右腕なのだ！」

ストーカーは、ただ笑みを浮かべ、

「口をつつしめ、スコルシュ！」と、進行役をたしなめた。そのさい、訪問客から注意をそらすことはない。グッキーに向きなおると、つづけていった。「わたしは、きみの生来の好奇心をまったく理解できる。テレパスがその能力を発揮できないのなら、なんのための能力なのだ？　とはいえ、わたしにはなにもできない。たとえ、わが思考世界をきみにしめしたくても、それは不可能というもの。とにかく〝聞こえるように〟思考することができないのだ。申しわけないが、エスタルトゥがそう決めたから。それは条件反射であり、わが法典の一部だ。わたしをメンタル安定生物と呼んでもいいが、それでは不充分だな。超心理影響に対するわが免疫は、むしろ超能力と表現されるべきもの。ガーシュインはこの能力を、非常に的確に〝プシ・リフレクション〟と呼んでいた」

「それは知ってるよ」グッキーが応えた。「けど、まさにその能力があるからこそ、きみがまったくプシオン放射を持たないってことが、ぼくら不思議なんだ。つまり、きみが自己防衛してるとしか考えられない」

ストーカーは、三角形の目を一瞬、閉じた。ふたたび開けたとき、黄色い眼球がいささか曇ったように見えた。

「そのとおりだ、友よ」ストーカーが、申しわけなさそうにため息をついた。「だが、なにかをかくそうとして、そうしているわけではない。わたし自身ではなく、ほかの者を……きみのこともだ、友グッキーよ……わがプシ・リフレクションから守るためなのだ。ガーシュインはすでに、それを使えばどうなるかを示唆《しさ》した。わたしはきみにそのような体験をさせたくない」

「残念だな」グッキーはそう応じると、フェルマーに向きなおった。「この矛盾を解き明かすために、それをためしてみようと思うんだけど、どう？　どっちみち、美辞麗句をならべたてるかわりに、すくなくともほんものの思考のほんのちょっとでも探らせてくれたら、ぼくはおちつくんだけどな」

「もうやめよう、グッキー」フェルマーがいった。自分のプシ・リフレクション能力から他者を守るために思考を遮断しているという、ストーカーの言葉を信じたのだ。

「痛い目にあわせてやれ」スコルシュが、ふたたび口をはさんだ。「そうすれば、文字どおり、泣きわめくだろうよ。希望を叶えてやれ。見せてやるのだ！」

「わたしは、そうしないと決めた。変更はない」ストーカーは、きっぱりと告げた。スコルシュが耳の穴の上にかがみこみ、なにかささやこうとすると、容易にその口をふさぐ。スコルシュは、よるべなく細い腕を泳がせ、軟骨の尾を振りまわして逃れようとしたが、むだに終わった。ストーカーが平然と言葉をつづける。「きみたちの訪問はいつでも歓迎する。とはいえ、わが友よ。使わずにおくほうがいい力を使うよう、純粋な好奇心から要求するのはやめてもらいたい。つまり、かなりの能力は、非常事態にのみ使うべきだという意味だ……そのような事態がけっして起こらないといいのだが」

ストーカーがスコルシュの口をふさいだとき、フェルマー・ロイドは思わず、子供時代の体験を思いだした。はじめて腹話術師の芸当を見たのは、いくつのときだったか。もう正確にはおぼえていない。ただ、衝撃的なパフォーマンスを目にし、感動したのをおぼえている……人形がしゃべるなんて、なぜ可能なのか、説明がつかなかったのだ。なぜかストーカーが、人形を連れて観客に漫才を披露する腹話術師のように思えた。またもやトリックを見破れない。それは、自分の想像力をこえたものだから。

この比較は、自分でも気にいった。これを真剣に受けとめるべきか、よくわからないとしても。それでも、疑問はのこる。ストーカーのまさに進行役をつとめるスコルシュは、自立した存在なのか。それとも、ただの操り人形で、ストーカーがみずからのキイワードにもとづき答えをあたえているのか。

フェルマーは、はっきりした分析結果を出せずにいた。ストーカーやスコルシュと、いくらか言葉をかわしたあとでも。

やがて、これに関する最後のチャンスが訪れた。ガルブレイス・デイトンがイルミナ・コチストワを説得し、ストーカーをテストすることになったのだ。彼女は、テレパスふたりにともなわれ、ストーカーの宿舎を訪れた。

＊

イルミナには、ストーカーに対する個人的関心はまったくない。どうでもいい存在だ。それでも、デイトンの依頼で、本人に気づかれることなく相手を調べるというのは、やややうしろめたい気がした。できれば、被験者の承認をとりたい。とはいえ、結局、したがうことにした。これは特例なのだから。

フェルマーとグッキーが、力の集合体エスタルトゥに関する話をし、まずストーカーの興味を引いた。イルミナから注意をそらすためでもある。ところが、メタバイオ変換能力者は、スコルシュによってたえず観察されているような気がした。たとえ、進行役がストーカーのまわりをおちつきなく跳ねまわっていても。

フェルマーの持論では、スコルシュはストーカーのただの媒体だという。それゆえ、イルミナは即決した。まず、スコルシュにメタバイオ性テストを試みることにする。

ストーカーは、力の集合体エスタルトゥに属する十二銀河に関する情報を進んで提供した。いったん調子が乗ってくると、もうだれにもとめられない。テレパスは、ときおり口をはさみ、あれこれ詳細をたずねなければならなかったほど。

エスタルトゥは、二千個以上の銀河からなるおとめ座銀河団に属する。この宙域は、テラナーにとり、まったく未知のものというわけではない。というのも、おとめ座銀河団にはM－87も属するから。特徴的な宇宙ジェットが中心部からのびる銀河だ。さらに、おとめ座の手前にはカピンの故郷銀河、グルエルフィンが位置する。

エスタルトゥ十二銀河は銀河系から平均で四千万光年ほどはなれ、二百五十万光年×六十三万光年×百三十五万光年の立方体空間を占める。これが、超越知性体エスタルトゥの力の集合体だ。

エスタルトゥで最大の銀河は、ストーカーが〝シルラガル〟と呼ぶNGC4579である。最大質量の銀河はNGC4649のエレンディラ。だが、力の集合体の中心となるのは〝結合双生児〟という名でも知られる二重銀河のNGC4567と4568だ。ストーカーは両銀河を〝アブサンタ＝ゴム〟、〝アブサンタ＝シャド〟と呼ぶ。

イルミナは、ストーカーのざっくばらんさに驚いた。とはいえ、さらに驚いたのは、この異人がエスタルトゥについてのあらゆるデータを臨機応変に提供しているにもかかわらず、ガルブレイス・デイトンほか数名はひどい不信感をいだいていること。

この不信感は、もちろんほとんど、宇宙ハンザ会議のさいのタウレクとのはげしい対立によるものだ。イルミナも現場に居合わせた。だが、あれはコスモクラートが引き起こしたといわざるをえない。

事情はどうであれ、ガルブレイス・デイトンの依頼に応え、自分の力をストーカーと、その進行役スコルシュに向けてみることにする……もっとも、順番は反対だが。

イルミナは、ストーカーがエスタルトゥについて……その十二銀河の無数の〝奇蹟〟について……夢中になって話すのに興味深く耳をかたむけるふりをしながら、スコルシュに精神を集中させた。侏儒《しゅじゅ》のような存在が一秒たりともおとなしくできずに、たえずストーカーのまわりを動きまわっても、じゃまにはならない。ひとたび対象者に集中し、その微小宇宙のなかに入りこめば、周囲の世界はいっさい気にならなくなる。

スコルシュについては、これといって考えがあるわけではなかった。異なる細胞群体をいくつか抜きとって検査し、反応を見るために最小限の再編成をするつもりだ。そのさい、相手には、なにも気づかれてはならない。

まず、からだの中央に位置する、人間の肝臓に該当する器官細胞に集中した。これはただのルーチンにすぎない。イルミナはすでに、この種の検査を何千回とやってきた。これは細胞核にすばやく的確に深く入りこみ、細胞株全体を把握し、それからふたたび細部にもぐりこみ、刺激をあたえる。この種のヒト細胞では分裂を起こすものだ。

だがスコルシュの場合、なにも起こらない。

これは疑わしくも、センセーショナルな発見でもない。この細胞が人間のものではないということ。それだけだ。

イルミナは、腕の筋肉に神経を集中させ、似たような検査をした。つづいて、さらにちいさな細胞群を再編成する。これにより、自然分裂が生じた。このようにして、細胞の組織構造についてさらなる情報を得る。スコルシュは、まったく気づいていないはずだった……ところが突然、その手足が痙攣《けいれん》しはじめる。

イルミナは、一瞬、中断した。

「……エレンディラの至福のリングをおのれの目で見、シオム・ソムの紋章の門をくぐりぬけた者だけが、この銀河の中心を歩きまわることを許され、筆舌につくしがたい幸運を……」

「やめろ、ストーカー！　やめるんだ！」スコルシュがこのとき、金切り声をあげた。全身を震わせている。「なんておろかなことを。きみはエスタルトゥをギャラクティカー旅行者の波であふれさせるつもりか！」

ストーカーは、うまい冗談でも聞いたかのように笑い、

「エスタルトゥには、すべての訪問者のための空間がある」と、うれしそうに告げた。「数えきれないほど、手つかずの無名の惑星が、パラダイスがある……スコルシュのいったことは真に受けなくていい。エスタルトゥの〝奇蹟〟を鑑賞するさい、騒々しい観光客がたがいに対立するという恐怖のヴィジョンを描いているが、スコルシュはわたしの反対者ゆえ、そうするほかないのだ。生けるコントラ・コンピュータということ。コントラ・コンピュータはすばらしい発明品だな！　多くのエスタルトゥ諸種族のなかで、これに相当するものをつくりだした種族はない。とはいえ、われらの文明もまた、ギャラクティカーが関心を持ちそうなものを提供できるだろう。それらは……」

スコルシュの筋肉の痙攣がおさまると、イルミナはふたたびそのメタボリズムの微小宇宙にもどった。ひょっとしたら、この反射反応は、自分の実験が原因ではないかもしれない。

こんどは、スコルシュの脳に集中した。そろそろ結論に達したかったから。生物に関

する情報を得るには、脳細胞を見なければならない。

イルミナは、自分の精神を進行役の脳内に進ませる。そのあいだ、エスタルトゥの〝奇蹟〟に関するストーカーの話がはるか遠くから聞こえ、身ぶり手ぶりをまじえて話すようすまで見えるような気がした。

どんどん深く、進んでいく……それでも、ゴールに到達しない。目の前には虚無がひろがるばかり。どれほど深く進もうとも、脳細胞群は到達不可能なほど、遠くはなれたままだった。まるで、対象物のまわりを周回する衛星のごとく、堂々めぐりしている気がする。自分は巨大惑星の重力を克服することができずにその周囲をめぐる、ちっぽけな衛星にすぎない。

パニックに襲われた。なにかに捕まったと気づいたのだ。自分の能力に似ているが、ほかの周波に位置するなにかに。この力はスコルシュのものではない。イルミナにとり、ちいさな塵粒とはいえ、木星ランクの惑星規模を持つこの脳からくるものではない。それは、微小宇宙の奥深くからくるプシ放射だった。

イルミナはこのプシ放射に集中し、これに沿ってさまよった。こうして、巨大惑星の重力から自分を解放することに成功する。光速でさまよい、脳と似たかたちをしたほかの物体に到達。このなかに深く入りこむ……すると突然、すべてがまったく容易になった。障害はもう存在しない。ますます深く微小有機体の世界に入りこみ、個々の細胞をやすやすと捕まえ、細胞群体すべてを巧みに操り、完全に再編成し、増殖させ……

突然、はげしい痛みがはしった。これが自分の脳だとわかる。あやうく脳内で細胞爆発の連鎖反応を引き起こしそうになったのだ。

悲鳴をあげながら、イルミナは微小宇宙からしりぞくと、暗闇の世界でおちつきをとりもどした。

周囲で、興奮した声がする。同時に数名が勝手に話していて、イルミナは入り乱れた声をほとんど区別できない。まるでミツバチの群れがたてる音のようだ。その音が金切り声に変わった。

「彼女は、わたしを殺そうとした！」スコルシュが大声で叫んだ。「殺されるところだったのだ」

「ばかなことをいうな！」ストーカーがきびしく叱責したのち、優しく気づかうような声でつけくわえる。「申しわけない、イルミナ、親愛なる友よ。そうするつもりはなかったが、きみがスコルシュになにかしようとしたことに気づき、衝動的にふるまってしまった」

「大丈夫か、イルミナ？」フェルマーの声だ。まだなにも見えない。

「ぼくら、すぐに《バジス》にもどらなくちゃ」グッキーの声がした。「警告者が復活したみたい。あんたをいっしょに連れていくにこしたことはないからさ」

「いいえ！」イルミナははげしくかぶりを振った。自分の声が相手に聞こえているか、わからなかったから。「わたしは《アスクレピオス》に行くわ」

あのヴィールス船なら、必要に応じてあらゆる援助を得られるだろう。いずれにせよ、いくらかましになった。視力も徐々にもどってきたし、頭の痛みも消えていく。

ストーカーは、しょげ返っていた。スコルシュはというと、ストーカーの骨盤にしがみつき、脚のあいだから、敵意に満ちたまなざしでイルミナをにらみつけている。そのV字形の顔が、これまで以上に悪魔の形相《ぎょうそう》のごとく見えた。

「《バジス》にいっしょに行かないの？」グッキーが気づかうようにたずねる。イルミナが拒否すると、イルトはつけくわえた。「この教訓は、そもそもぼくにあたえられるはずだったんだ。そうだろ、ストーカー？」

「悪気《わるぎ》はなかった」ストーカーが断言する。「わたしは自制する方法を学ばなければ」

「それでも、ぼくら、教訓を理解したよ」グッキーはそう告げ、フェルマー・ロイドとともに非実体化する。

ここでようやく、イルミナは気づいた。重武装の警備員にともなわれた医療ロボット二体が、ストーカーの宿舎に押し入ってきたことに。

「あなたをガルブレイス・デイトンのところに連れていかなければなりません」警備責任者が告げた。

「ガルブレイスにはあとで連絡するわ」イルミナが応じた。一刻も早くここを出て、ヴィールス船にもどりたい。

2

第二の〝奇蹟〟シオム・ソム……紋章の門

力の集合体エスタルトゥには、どの銀河にもひとつずつ、いわゆる十二の〝奇蹟〟がある。どの銀河も自然、芸術、技術に関する驚異的な現象を無数に提供するとはいえ、そのうちのいくつかは、ほかを凌駕《りょうが》するのだ。

星間放浪者よ、これから語るのは、この宇宙のほかのどこにも見つからない〝奇蹟〟のうち、二番めにあたるもの。シオム・ソム銀河は、NGC4503の別名だ。星々のジャングルを旅する者よ、シオム・ソムは一見すると、さまざまな種族がまじり合っているという点では、ほかの銀河とたいして変わらない。そのメンバーは、さまざまな発展段階にある。惑星に拘束された種族から宇宙航行種族まで。原始生物から超能力者まで。肉体を持つ者、精神的存在、エスタルトゥの哲学的教えをはっきりと認識しながら、精神的にはまだこれを理解できない者。シオム・ソムにおいては、力の集合体の最古の文化が、発展する最新文化の隣りに存在する。

さらに、シオム・ソムは、特殊な現象を提供する。その中心では、あらゆる宇宙航行を不可能にする力が働くのだ。あるいは、より正確に表現するならば〝力の欠如〟が。それが、宇宙船による数光年におよぶ星系間への架橋を不可能にする。

それゆえ、門ができた。これらの門により、たった一歩で惑星から惑星に移動することが可能となる。熟練の建築家が門を設計し、才気あふれた技師が建築し、天分に恵まれた芸術家が紋章で飾った。これらの紋章は、エスタルトゥの生命哲学の象徴であり、倫理的・道徳的価値の鏡である。建築家の印章を携えると同時に、技師の印でもあり、芸術家の精神指紋をふくむ。

シオム・ソムの門は、技術と精神の記念碑であり、芸術と科学の比類なき統合であるだけでなく、はるかに多くの価値を持つ。この銀河における生命の脈動であり、文明世界間の絆《きずな》であり、種族間の架け橋であり、宇宙的思考の象徴なのだ。

旅立て、星々への憧れに囚《とら》われたギャラクティカーよ。エスタルトゥの第二の〝奇蹟〟を自分の目でたしかめよ。そして、一歩ずつ、惑星から惑星に運ばれるのだ。

＊

当初、警告者の声が聞こえたのは《バジス》の一格納庫だけだった。ある技術点検チームがそこに到着し、独白に迎えられたとき、すでにその声はかなり長いこと、訴えつづけていたのかもしれない。

それは録音で知る警告者の声だと、ただちに全員の意見が一致した。とはいえ、どこにも光る姿は見えない。さらに驚くべきは、この音声現象に警報が反応しなかったこと。技師たちはただちに勤務中の上司に報告し、上司は援軍と膨大な技術装置とともに駆けつけた。それでも、警告者の声の出どころはわからない。

「……きみたちに警告する。できもしないことを約束し、かすかな希望だけをちらつかせる、にせ予言者から身を守れ。正しい道を踏みはずしてはならない。道しるべを見て、それが誤りではないか、道に迷わせるものではないか、吟味せよ。道をならすのがあまりにも面倒に思え、脱出したいと思っても、卑劣な足跡によって踏みならされた道をたどらないよう、注意するのだ……」

技師たちはその場をはなれ、さまざまな方向に散り散りになったが、それでも警告者の声がまだ耳にのこっていた。それを一度でも聞いた者はみな、自分が通る場所にこの声を持ちこむことになる。こうして、警告者の声は、まもなく《バジス》船内のいたるところで聞かれるようになった。

それでも、銀色に光る姿はいまだにあらわれない。ペリー・ローダンとゲシールが自室キャビンで知らせを受けたとき、ふたりともまだその声を聞いていなかった。通信システムによって転送されなかったから。

ローダンは《バジス》船長ウェイロン・ジャヴィアに命じ、この声の背後にストーカーがひそんでいないか探りだすために、必要なすべてを準備させた。同時に、フェルマー・ロイドとグッキーを呼びもどす。《バジス》にいたテレポーターのラス・ツバイには、ジャンプによって船内を偵察するよう指令を出した。

ツバイはすでに警告者の声を聞いていたが、いままでは、テレポーテーションするたびに、その声はついてきた。どこに実体化しようとも、警告者の声がつねにつきまとう。

「……きみたちは、独自の道を選ぶことができる。とはいえ、それが本当に自分たちの道なのか、考えるのだ。きみたちは杖を必要としない。みずからの脚で歩くことができる。きみたちは聞くことができる。ゆえに、進むべき方向をしめす善意の警告を無視するな。とはいえ、誘惑の声には耳をふさぐのだ。きみたちは目が見える。したがって、導かれる必要はない。先駆者を必要としない。だれも同行させてはならない。その同行者は、ふたたび上に這いあがることの困難な奈落にきみたちを導くかもしれないから。転落は、高みにのぼるよりもたやすいもの……」

ゲシールとローダンが司令室に足を踏み入れると、たちまち、警告者の空虚な、決まり文句に襲われた。

「どうやら、ストーカーのしわざではないようです」ウェイロン・ジャヴィアは、しつこくつきまとう声について報告した。「これは、古典的反広告です。もう聞いちゃいられません」

「それも狙いだろう」ローダンがかすかな笑みを浮かべていう。ゲシールと視線をかわし、妻も自分と似たような考えにちがいないとわかった。「これは警告者のパロディといってもいい。きっと、ストーカーから発信されたものではないはず」

ウェイロン・ジャヴィアは一瞬、困りきったようすになったが、たちまち顔が明るくなり、大声を出した。

「なるほど。タウレクとヴィシュナがストーカーに対する反キャンペーンをはじめたと考えているのですね。おそらく、ヴィールス・インペリウムの断片を使って……」

船長は口をつぐんだ。突然、そのコスモクラートふたりがあらわれたから。《シゼル》で出かけていたが、警告者放送の報告を受け、ただちに《バジス》に駆けつけたのだ。

「ふたりに訊いてみたらどうだ」ローダンが、にやにやしながらいう。「とはいえ、訊くまでもなく、きみ自身で答えを出せるだろう。これがテレパシー・メッセージだということに、なぜだれも着目しないのか、わたしはただ不思議でならない」

この瞬間、グッキーとフェルマー・ロイドが実体化した。ふたりは一瞬だけ単調な独白に耳をかたむけたが、たちまちグッキーが憤慨したようにいう。

「ぼくらにたちの悪いいたずらをしかけてくるなんて、だれにも許されないよ。で、たちまちこの大騒ぎさ。この件の背後に、断じてストーカーはいない。かれには、あれほど強いテレパシー・インパルスを送ることなんてできやしない。ストーカーはただ、相手のプシオン流を反射できるだけ」

「だれかがストーカーをリフレクターとして利用したのかもしれんぞ」ローダンが冗談のつもりでいった。とはいえ、たちまち真剣な顔つきになる。「そのような悪ふざけをだれがすると思う、グッキー？」

「そんな変わったユーモアの持ち主はひとりしか知らない」ネズミ＝ビーバーが応じた。

「クローン・メイセンハートよりもひどい悪ふざけができるのは、超越知性体だね」

突然、テレパシーの独白がやみ、メンタル性の笑い声が響く。司令室の男女は思わず身をすくませ、プシオン嵐に見舞われたかのごとく、かがみこんだ。ヴィシュナとタウレクだけが微動だにしない。コスモクラートふたりは、まったく動じていないようだ。

ペリー・ローダンは緊張した。すでに警告者の第一声を耳にしたとき、背後にひそんでいるのは〝それ〟以外にはありえないとわかったもの。すでに何日も前から、この精神存在が名乗りでるのを待っていた。〝それ〟がこのような変わった方法で注意を引いたとしても、けっして驚くことではない。

〈きみたちが警告者メッセージに恐ろしい思いをしていなければいいのだが〉《バジス》船内の全員の意識にテレパシーによる声が押しよせた。〈だが、ただの悪ふざけではけっしてない。きみたちに、知らせなければならないことがあるのだ。ひょっとしたら、すでにそれについてなにか聞いているかもしれない。それなら、痛い目にあわずに学ぶことができるだろう〉

「ストーカーについて警告するために連絡してきたのですか？」ローダンが訊いた。「思うに、心配は無用でしょう。われわれ、エスタルトゥの使者に対し、適度に警戒していますから」

〈それでよろしい。だが、わたしは特定の名前をあげたおぼえはないぞ。きみたちがさらなる進化を遂げるさい、克服しなければならない試練はほかにもまだたくさんある。きみたちはいろいろな場所で、さまざまなかたちで、それらに遭遇するだろう。とはいえ、わたしはよきアドヴァイスをするためにきたわけではない。かつて予言したとおり、きみたちはわたしやコスモクラートに対する依存から抜けだし、独自の道を歩みはじめるだろう。そうなるべきなのだ。つまり、きみたちの師としての役割をはたすことは、もうわたしの権限ではない〉

「われわれにとり、第三の道がなかなか魅力的に見えるのはたしかです」ローダンが応じた。「この可能性を検討する価値はたしかにある。ただ、どのような決断をくだそうとも、銀河系が〝それ〟の力の集合体の構成要素であることに変わりはありません」

〈銀河系は〝ギャラクティカム〟となった。その住民はギャラクティカーだ〉肉体を持たない声がふたたび告げた。〈これは、きみたちの進化における大きな前進の一歩。そのさい、わたしはじゃまをしない。だが、きみたちにはもうひとつ任務があり、それを達成すれば解放される。モラルコードの修復を完了することだ〉

「最後のクロノフォシルの活性化準備はととのっています」ローダンが応じた。「われわれ、エデンⅡをクロノフォシルとして活性化させるため、とうに出発できたはず。問題はただひとつだけ。エデンⅡはどこにあるのです？」

〝それ〟が笑った。こんどは実際、まるでプシオン性のハリケーンが《バジス》を吹きぬけていったかのようだ。上機嫌の哄笑《こうしょう》はしばらくつづいた。メンタル性の笑い声が徐々に消えると、ようやくペリー・ローダンはもう一度訊いた。

「エデンⅡはどこにあるのです？　どうすれば、そこに到達できるのです？」

〈エデンⅡは、わが力の集合体の精神中枢にある〉〝それ〟が伝えた。

「それは知っています」ローダンが失望をあらわに応じた。「ですが、われわれはあなたの精神中枢の座標を知らない」

〝それ〟がまた笑った。とはいえ、今回は抑制されたものだ。

〈きみたちはときとして、なんとあさはかなのだろう〉テレパシーによる声がふたたび響いた。〈きみの魂の居場所に座標がほとんど存在しないのと同様に、わが精神中枢の座標も存在しないのだ。きみたちは、わたしになにを期待しようというのか？〉

ローダンは、失望をほとんどかくすことができなかった。〝それ〟がこのような試練をあたえるとは、考えてもみなかったのだ。超越知性体は、最後のクロノフォシルの活性化と、それによるモラルコードの修復に、まったく関心がないとでもいうのか？　ひょっとしたら、ローダンはすぐにこの考えをしりぞけたが、潜在意識に不吉な疑問が浮かんだ。ひょっとしたら、エレメントの支配者が最後に一枚噛んでくるのではないか。たしかに、エレメントの十戒を打ち負かしたはずだが、混沌の勢力はまだ……

「すくなくとも、エデンⅡがどこで見つかるか、ヒントを期待していたのですが」ローダンが腹だたしそうに告げた。〝それ〟との会話は、ときおりまったく厄介なものとなる。

〈なんとかなるだろう。ヒントもふたつ用意している〉〝それ〟が応じた。

やがて黙りこみ、《バジス》には張りつめた沈黙が生じた。一瞬だけ、タウレクのささやき服の音が聞こえたが、すぐにしずまる。超越知性体は先をつづけた。

〈エデンⅡは〝それ〟を探すところに存在する〉

ふたたび間があり、テレパシー性の声がもう一度聞こえた。これが最後の声だった。

〈そして結局、すべての道はエデンⅡにつづく〉

最後のメッセージを告げたあと、とうに〝それ〟がいなくなったと気づいても、ペリー・ローダンは長いあいだ、待ちつづけた。ゲシールを見つめ、それからミュータントを、そして次々とほかのメンバーを見つめる。困惑した顔ばかりだ。長い沈黙が、徐々につぶやきの声に変わる。

タウレクのささやき服のちいさな金属音が、ローダンの注意をコスモクラートに向けさせた。

「これ以上、なにを待つというのだ、ペリー」タウレクが謎めいた笑みを浮かべていった。「必要な情報はすべてそろったはず。《バジス》を発進させ、エデンIIを探しに行け。ヴィシュナとわたしは《シゼル》であとを追う」

ローダンはうなずいて、

「では、エデンIIに向けて出発だ」と、いった。その声には、まるで《バジス》で漠然としたものに向かう旅を決意したかのような響きがあった。とはいえ、それは一概に否定できない。エデンIIがいたるところで見つかるのであれば、どこに向かって飛ぼうと変わりはないだろう。

＊

「幸運を、ペリー」レジナルド・ブルがいった。ヴィールス船によって《バジス》が出発することを知ったのだ。

ブリーはひとり、なにもない壁に沿って成型シートが六席ならぶがらんとしたキャビンにすわっていた。壁の一部は正方形に切りとられたように見える。〝ホログラム窓〟だ。これを通して、《バジス》が虚空にたちまち遠ざかっていくようすが見える。

エデンⅡは〝それ〟を探すところに存在する！　すべての道はエデンⅡにつづく！　またもや、いかにも〝それ〟らしい、謎めいた言葉だ。実際、曖昧《あいまい》だが、意味深長で、想像力をかきたてられる。

「周辺でなにが起きているのか、知りたい」ブリーがいった。「《バジス》の出発が、ヴィーロ宙航士に影響をあたえずにすむわけがない」

「そのとおりです」ヴィールス船が、心地よく響く低い女声で応じた。「超越知性体のメッセージは、あらゆる周波で報じられました。これにより、多くのヴィーロ宙航士がエデンⅡを捜索する気になった。あなたも、その仲間にくわわるつもりですか？」

ブリーは、かぶりを振った。ホログラム窓が拡大され、分割映像が一ダースならぶ。一瞬、やや混乱をおぼえた。これほどたくさんの異なる宇宙空間が、一度にうつしだされるとは。おまけに、その背景はどれも同じなのだから。

宇宙船の集団がならぶ光景は、無限アルマダの縮小版を彷彿《ほうふつ》させた。おまけに、多種多様なかたちの船なのだ。二隻として同じ建造方式の船はない。たとえ原型が同じでも、風変わりな上部構造物によってまるで違って見えた。伝統的建造方式の船は、ほんのわずかだけ。球型、転子《ころ》状、葉巻形、円盤などは、そうかんたんには見つからない。想像力を駆使した、風変わりで奇抜な構造体がほとんどだ。大多数は全長二十五メートル以下の小型船で、例外的に大型船がわずかに見られる。

どのような場合に大型船ができるか、ヴィールス船がブリーに教えてくれた。つまり、同じ関心を持つ人々による大きなグループが生じた場合らしい。

「いや、わたしはエデンIIの捜索にはくわわらない」ブリーはようやくいま、ヴィールス船の問いかけに応じた。エデンIIの比較的大きな船を満たすために、なんなく二百名を見つけ、エデンIIを探しに出かけられるにちがいないが、〝それ〟捜索者はもう充分にいる。自分はむしろ、正しいと思うことをするために、ひとり《エクスプローラー》にとどまるほうがいいだろう。

ブリーがヴィールス船につけたこの名前は、実際、かれの目的すべてをいいあらわしていた。ここ数年でわかったのだが、エクスプローラー船団の総司令官だった当時は最高に幸せだったもの。

過去を追体験したいわけではない。それは、とりかえしがつかないほど失われてしまった。昔を懐かしむためではなく、なにかを体験したいという強い欲求にしたがったままでだ。自分は行動型人間だし、永遠の命を持つ恵まれた立場である。これをむだにしたくない。活力と行動欲にあふれ、満足感を味わいたいと思っている。ほかでもない、こうした理由で、体験旅行に出かけたいのだ。

きっと、自分のようなタイプのギャラクティカーがほかにもいるにちがいない。そうでなければ、このような大型ヴィールス船があたえられるわけがないから。収容力は二百名で、連結された搭載艇五隻を保有する。

だが、これはなんという船なのか！

友たちがこの船を見たなら、ブリーの頭がおかしくなったと思うだろう。そもそも《エクスプローラー》はまったく典型的なかたちをしていない。左右非対称で、平べったく、船腹には角張った、ほとんど結晶のような突起がある。その意味はわからない。さらに、これもまた非対称な搭載艇が、異物のごとく船殻から突きでていた。

ブリーは意識的にこの手の船を望んだわけではない。それでも、ヴィールス船によれば、このかたちはかれの潜在願望に合致したものらしい。まだ無定形だったときのヴィールス雲自体が、ブリーのためにこのかたちを選んだということもありえるが。たとえ、非対称の宇宙船がどれほど無意味に見えようと、すぐれたエネルプシ・エンジンは、伝統的なかたちに縛られないのだ。

ヴィールス雲から《エクスプローラー》が出現したとき、ブリーは驚きがとまらなかった。超光速航行用のエネルプシ・エンジンや通常航行用のグラヴォ・エンジンが、既知のあらゆるエンジンを圧倒していたからだけではない。ヴィールス船のほかの装備も、既知の宇宙航行技術すべてを凌駕していた。防御バリアは、ヴィールス・インペリウムがまだ太陽系をとりかこんでいたとき、自身をつつんでいたものと同じ原理にもとづく。攻撃兵器は、トランスフォーム砲のような多機能プロジェクターだが、より大きな有効射程とよりひろい用途を持つ。

技術装置、映像スクリーン、計器類はおろか、船内通信システムも見あたらない。エンジン、兵器システム、防御バリア装置、通信装置、探知装置、リサイクル・システム、これらすべての装置はほとんど場所を必要とせず、実際、見えないのだ。

ヴィールス船がこれらすべての目をみはるような能力について自慢したさい、信じられない気がした。まるで夢をみているようだ。とはいえ、よく考えてみれば、さほど驚くべきものではない。ヴィールス・インペリウムがどれほど膨大な量のデータをあつかえたかを考えてみれば、ヴィールス船がその創造のさい、これにたよったのはただ論理的といえる。

このような船が野心に富んだ冒険家に提供するのは、無限の可能性だ。まずは、ほぼ完全になにもない司令室の光景に慣れるだけでいい。中継映像や探知結果は、呼びだすだけで目の前にとどけられる。

それでもブリーは、このうえなく孤独で、見捨てられたような気がした。膨大な可能性にもかかわらず、《エクスプローラー》をゴシュン湖から上昇させるのをただ決めかねている……そうするよう、ヴィールス船がうながすこともない。

「どう思う、ヴィー」ヴィールス船に訊いてみる。「テスト飛行するべきだろうか？」

「訪問者です」《エクスプローラー》が告げた。「これが最後ではない気がします。あなたと波長の合うヴィーロ宙航士が、さらに多く訪れるでしょう」

ブリーは司令室をはなれ、がらんとした船のなかを通り、主エアロックに向かった。訪問者のホログラムをもとめるのは、やめておく。楽しみに待つことにしよう。最悪の恐れは、ジュリアン・ティフラーが宇宙ハンザにもどるよう説得するために、ここにやってくることだったが、さいわいにもそうではなかった。

外に立っていたのは、もと前衛騎兵のストロンカー・キーンだった。美しい伴侶《はんりょ》ラヴォリーもいっしょだ。

「失業中の前衛騎兵ふたりの使い道はまだありますか、ブリー？」キーンがたずねた。

「どちらも歓迎するぞ」ブルは笑いながら大声で応じた。ふたりのあいだに割って入ると、肩に腕をまわし、《エクスプローラー》のなかに押し入れた。「簡素な小キャビンがまだあいていたと思う」

強力な異郷への憧れに勝てず、それでも自分用のヴィールス船を入手できなかった者たちが、ストロンカー・キーンとラヴォリーにつづいてやってきた。まるでヴィールス船がなんらかの信号を発し、ヴィーロ宙航士の志願者をここに誘導したかのようだ。

ところがさらに奇妙なことに、まもなくテラのいたるところから、宇宙空間からも、

《エクスプローラー》と似たような非対称形のヴィールス船に乗ったヴィーロ宙航士が次々と到着した。これらのヴィールス船がパズルのピースのようにたがいにつながるかたちだとわかったとき、ブルにはもう偶然の一致とは思えなかった。

「きみがなにかしたのか、ヴィー？」ヴィールス船に訊いてみる。

「わたしはただ、意識下の願望を修正して、正しく導いただけ」ヴィールス船が答えた。

「とはいえ、ここにいたる道を見つけた者は、だれもが生まれながらのエクスプローラーなのです」

〝パズル船〟はますます増え、ヴィーロ宙航士の数がまもなく数千に達すると思ったとき、ブルはまったく考えが変わった。ヴィーはやりすぎではなかろうか、と、自問する。

それでも上機嫌のまま、ヴィーロ宙航士ひとりひとりを、あるいはグループごとに、《エクスプローラー》のエアロック室でみずから出迎えた。個人のヴィールス断片でやってきた場合は、プシカムにより歓迎の意を伝える。

感じのいい微笑を絶やさないためには、そうとう自制が必要だった。というのも、個人の家財を積みこんだ輸送ディスクごとやってくるヴィーロ宙航士もいたから。

「全員が志を同じくする者なのはたしかか？」ブリーは疑うようにヴィールス船に訊いた。「わたしはカオタークではないのだが。まるで、エレメントの支配者が、ありがたい迷惑な贈り物といっしょにわたしを旅に送りだそうとしているかのようだ」

「あなたの良心にたずね、これらの人々がヴィーロ宙航士として都合がいいかどうか、自分で決めてください」ヴィールス船が答えた。

レジナルド・ブルは逆らわず、ただため息をついた。自分が規則や禁止にきびしい方針の男でないことはたしかだ。それゆえ、自分のヴィーロ宙航士にも、ある程度の自由を認めなければならない。

3

第三の〝奇蹟〟スーフー……怒れる従軍商人

　スーフー銀河は、ＮＧＣ４５９６の別名だ。力の集合体のほかの銀河のなかでは、とりたててあげるような天文学的特色がないことできわだつ。エスタルトゥ内でしか見られないような多くのちいさな〝奇蹟〟をべつにすれば。

　スーフーという名は、ひとりの女戦士にちなんだもの。彼女は、エスタルトゥがまだ若く、力の集合体が形成されはじめたばかりのとき、超越知性体の初期の征服作戦において、指揮官として比類なき手腕を発揮した。伝説によれば、権力と名声の絶頂に達したスーフーは、エスタルトゥと張り合おうとしたらしい。第三の道を阻《はば》むため、傲慢にもみずから超越知性体にのしあがり、コスモクラートと手を結ぼうとしたのだ。それでも最後にはみずからの過ちに気づき、コスモクラートに背を向けると、エスタルトゥに降伏した。最後の瞬間のこの分別を、彼女は〝ウパニシャド生命学校〟の哲学の教えによって得たという。エスタルトゥはスーフーの浄化に感銘を受け、女戦士をきびしく罰するかわりに、自分が征服した銀河内の星にすることで昇格させた。この伝承によれば、スーフーの名にちなんで呼ばれる銀河に、彼女の精神は宿ったといわれている。

女戦士スーフーの活躍の生き証人として、今日《こんにち》でもなお、従軍商人が存在する。かれらは、かつて彼女の大軍の輜重《しちょう》隊に同行し、兵士に商品を提供したもの。そして当時と変わらず、従軍商人はいまもなお伝統を守りつづけている。スーフー宙域をはしからはしまで旅しては、異郷の品々をとどけるのだ。そのさい、つねに豊富な品ぞろえで、いままで見たこともない珍品をすべての世代に提供する。従軍商人が輸送船で立ちよる惑星には、そのつど巨大な市場が立ち、住民を魅了する。この世代市場がきっかけとなり、惑星はお祭り騒ぎの雰囲気につつまれた。権力者たちはこの機会を、国家行事や大々的祭典に利用した。ときおり市場が長くつづくと、法律がないがしろにされ、無秩序が支配するようになる。これは、文明の中心だけではなく、辺鄙《へんぴ》な惑星でも起こりうる。

従軍商人は利益のみを追求するようなことはしない。豊富な品ぞろえのなか、つねに割安商品も提供する。ときには少量に対し大量を、がらくたに対し貴重品をあたえることもある。商品を無償で提供することさえある。

とはいえ、ギャラクティカーのヴィーロ宙航士よ、スーフーの従軍商人の市場に行くならば、いくつかアドヴァイスがある。つねに黄金律を守ることだ。従軍商人と値引き交渉をしてはならない。交渉ほど、かれらを怒らせるものはないから。だてに、短気で神経質といわれているわけではないのだ。異文化を無理やり押しつけしようとすれば、ことのほか怒らせてしまう。従軍商人と関わる以上、相手の言葉に耳をかたむけ、その慣習を受け入れるのだ。従軍商人と友好関係を築いた者は、たちまち現世における精神的な富を得るだろう。嫌われたら最後、死んだも同然だ。

それと、もうひとつおぼえておくがいい、スーフーに向かって旅立つギャラクティカーよ。従軍商人は短気であるだけでなく、狡猾《こうかつ》な商人でもある。かれらは銀河商人や自由航行者より上手《うわて》だ。宇宙ハンザさえかなわない。相手が自分を出しぬこうとしていると気づいたなら、たとえそれがホーマー・ガーシュイン・アダムスであろうと、ぺてんにかけて巻きあげるだろう。

これらのアドヴァイスを胸に、エスタルトゥの第三の〝奇蹟〟を目にするため、安心して出発するがいい、幸福なヴィーロ宙航士よ。

＊

「ストーカーはなかなかやるわね。それは認めないと」宣伝放送が終わると、ジェニファー・ティロンが賞讃するようにいった。「警告者として人々を動揺させたのなら、同様に、エスタルトゥの宣伝担当として熱狂させることだってできるはず。ヴィーロ宙航士の多くがかれの声にしたがうのは、わたしには疑問の余地がないわ」

ストーカーは、警告者シンボルにもこだわっている。正三角形のなかに三本の矢があるエスタルトゥの紋章、第三の道の象徴だ。

「かれは、コスモクラートに対する反感をかきたてる方法も知っている」ロナルド・テケナーが応じた。「ただ、それでなにをもくろんでいるのかは疑問だ」

「あなたがそれほど執念深いとは、まったく知らなかったわ。ストーカーがあなたの記憶を消去したことを許していないのね」

「フェアプレーをするつもりなら、わたしから消した記憶をもとにもどすはず」と、テケナー。「スリがここにいてくれたらよかったのだが。当時、実際になにがスチールヤードで起きたのか、知りたいのだ。あらゆる詳細にいたるまで」

ふたりは《ツナミ2》の司令室にいた。艦は太陽系近傍、冥王星の残骸の向こう側を偵察飛行している。未知の一物体を探知したものの、分析が完了しないうちに、ふたたび消えてしまったのだ。テケナーは、出動可能なあらゆるツナミ艦をこの物体の捜索にあたらせたが、いまのところ収穫はない。

「引き返そう」テケナーは決意した。「幻影を追ったところで、なんの意味もない」

「ひょっとしたら、すこし未来で探してみるのも悪くないかもしれません」キノン・キルギスが口をはさんだ。火星生まれのココ判読者で、だれからも〝ココのキキ〟と呼ばれている。「誤探知ではないと、コントラ・コンピュータが断言しています。幻影ではなく、現実ということ。あらゆる不確実性に反して、確実なことがある。なんだと思います？」

「なんなのだ、嘘判定ドクター？」テケナーは興味なさそうに訊いた。

「この物体は、エレメントの十戒とはまったく関係ないということです」

「もちろんだ。あれは、迷えるヴィーロ宙航士だろう」テケナーはそう告げ、この話題を終わらせた。「テラ宙域にもどろう」

ジェニファー・ティロンは、夫を探るように見つめた。なにが気がかりなのかわかる。ストーカーの件だけではない。テラにもどりたいほかの理由があるのだ。まだ確固たる形状がなく、かたちをとりはじめたヴィールス雲という理由が。この形成途中のヴィールス船が、魔法のようにテケナーを引きつけている。

「かれはどうしたの？」パシシア・バアルが訊いた。ローダンがアプトゥト星系から連れだし、ふたりにあずけたアンティの少女で、非凡な能力を持つ。だが、故郷惑星にプシ能力を禁じる厳格な法律があるせいで、その能力をひそかに使うしかなかったのだ。無限アルマダの一部隊がアプトゥト星系に到達したさい、パシシアはリアルでみごとなホログラムをつくりだし、いくつかの混乱を巻き起こした。そのため、ペリー・ローダンは彼女を連れだすよりほかなかった。アンティが少女の責任を問えば、制裁はまぬがれず、その超能力は失われることになっただろう。

「あなたじゃないわよね、パス？」ジェニファーが、とっさの思いつきで訊いた。「あなた、飛行物体をプロジェクションした？」

「わたしじゃないって、誓わなくちゃならないの？」パシシアが怒ったようにいう。

「それとも、テクの話をしなくてすむように訊いただけ？　夫婦喧嘩でもしたの？」

ジェニファーは笑い、テケナーを鋭く一瞥《いちべつ》すると、夫に聞こえるような大声でいう。

「思うに、テクはヴィールスにやられたのではないかしら。文字どおりの意味で。いわば、星々への憧れに悩まされているみたい。あの調子では、エレメントの支配者がみずから姿をあらわしたとしても、気にかけないでしょうよ。テクは、自分のことをいいようにあしらうヴィールス船がほしいみたい……ついでながら、わたしもよ」

「じゃ、わたしたちのヴィールス船を手に入れようよ」パシシアがあっさりいった。

「そうしよう」テケナーはふたりに向かって有名な笑みを浮かべた。それは決意のあらわれだった。さらになにかを告げようと口を開きかけたとき、通信士に先をこされた。

「冥王星のほぼ〝合〟に未知物体を探知」と、報告がある。「《ツナミ12》がハイパー映像を記録したそうです。エイナー・ハレ艦長は、われわれが分析できるよう映像を転送すべきか、訊いています」

「映像をこちらに」テケナーが要求した。予想される質問に先んじるため、同時に命じる。「われわれは引き返さない！　テラに向かうコースを維持しろ」

スクリーンに、コンピュータ・グラフィックがうつしだされた。上から見ると、十二の突起がついた星形の構造体だが、横から見ればたいらで、まさにパンケーキのかたちをしている。本体の直径は二百五十メートルだが、星の腕が本体から七十五メートル突きでているため、全体はさしわたし四百メートル。厚みは百メートルで、さらに中央には高さ百メートルの塔のようなものがある。この飛行物体の性質についてのより正確なデータは、とどかない。

「ただの玩具じゃないか」テケナーがあっさりいった。「かまうほどの価値はないな」

「無関心を正当化するために、そういっただけよ」ジェニファーがアンティの少女にささやいた。

＊

「本当にこの座標なのか？」テケナーがくりかえし訊いた。

「本当ですとも」探知士は根気よく答えた。かれは、これほど興奮したテケナーを見たことがない。いつものテケナーなら、じつに巧みに感情をかくすのだが。「われわれがいるのは、まさにこのヴィールス雲を発見した座標です」

奇妙な感じの物体が目の前の宇宙空間を漂う。探知によれば、長さ百九十四メートル、幅百五十メートル、高さ四十三メートル……いずれも、もっともはなれている二点を計測した結果だ。宇宙船は……その手の物体としか考えられないが……どこを見ても同じ幅や高さではない。上部構造物が建物の礎石のように積みあげられ、船腹にも同様に接合されたような増築部分がある。

同じく継ぎたされたような船首は、特大サイズのモニターつきスイッチ・ユニットが傾斜したところをなんとなく彷彿させた。右船腹には、長さの三分の一のところで一構造体がななめに突きだし、水平に船尾までいたる。その下にある台形の突出部は、切りはなすことが可能に見える。

船のどこにも角張ったところはなく、あらゆる角がまるみをおびていた。そのせいで、奇妙な形状にもかかわらず、ある種の美しさを感じさせる。

《ツナミ2》は大きな弧を描くと、物体を一巡し、船尾を横切った。そこには、同じようにまるみをおびた窪みと突出部がある。とはいえ、どのフランジにも、これっぽっちもエンジン・システムを連想させるものはない。ツナミ艦は左舷を滑るように通過した。右舷と似たような眺めだったが、そのさい、テケナーには文字が見えた。はっきりと大文字で〝ラサト〟と書かれている。

テケナーは、これについてなにもいわない。すべてが大きな謎だったが。

「なかに入ってみる」そう告げ、司令室を出ていった。

ジェニファー・ティロンとパシシア・バアルが、そのあとを追う。

「ね、テク、わたしたちを連れていかないの？」ジェニファーが背後から呼びかけた。返事はない。テケナーは人員用エアロックに到達し、ジェニファーとパシシアもあとにつづいた。それから、三人は艦をはなれ、《ラサト》に向かって飛んでいく。

近くには、ほかにも宇宙船が複数見られた。搭載艇が射出され、そこからも宇宙服姿が出てきた。不格好な人影はすべて、突きでた船首の左側エアロックに向かっている。エアロックのほうからも数名やってくるが、ほかの方向に移動していく数よりもはるかにすくない。

テケナーはエアロックが無人になるまで待ち、女ふたりとともになかに入った。三人ともいまだに黙ったままだ。それぞれ、自分の思考に没頭している。

エアロックを進むと、通廊に出た。そこには、訪問者の宇宙服が乱雑に積み重ねてある。テケナーはほとんどヘルメットを脱がないうちに、よく知った声に迎えられた。

「あなたの《ラサト》にようこそ、船長」

スリマヴォだった。からだにぴったりした飾り気のないコンビネーションは、彼女が身体的にはとうに成熟していることをかくしきれない。

「ようこそ、船長」ヴィシュナの声が、通廊のどこかから聞こえてくる。「ようこそ、ジェニファー。ようこそ、パス」

「驚いたな」テケナーが表情を変えずにいった。「ヴィールス雲をわがものとし、このような船をつくったおぼえはないのだが」

スリマヴォは笑いながらテケナーと腕を組み、通廊を引っ張っていく。歩きながら、説明した。

「あなたはすでに一度ここにきたことがあって、イメージを置いていったのよ。ヴィールス雲はあなたの考えや無意識の願望をもとに、方針を決めるの。雲はあなたがここにもどってくることを知っていて、要望に合うように自身から船をつくった。これは、あなたみたいなタイプの冒険家のためにつくられたプロスペクター船よ」

「本当に、わたしの自由にできるのか？」テケナーは、疑うようにいった。「このたくさんの人々は全員、ここになにをしにきたのだ？」

「かれらから、あなたの未来のチームができるわ」スリマヴォが説明する。「ここが気にいった人はのこり、ヴィーロ宙航士になるのよ。《ラサト》という名前はあなたにぴったりでしょ？　この船は千名、収容できるわ。連絡艇が二隻。一隻は資材調達用で、もう一隻は食糧調達用よ。二隻とも、価値の高い装備を持つの。二座戦闘機十機と四座戦闘機五機にはエネルプシ・エンジンがないけど、テンダー機能を補うわ」

やがて、司令室に到着した。部屋の片側は透明で、宇宙空間を一望できる。成型シートも六席ある。とはいえ、そのほかに技術装置はなにも見あたらない。

「もちろん、司令室はまだ変更可能よ」スリマヴォが説明した。「とはいえ、そもそも装備は完璧だわ。機能原理を説明してほしい？　それとも、まず見てまわってから？

ヴィールス船は、つねにあらゆる情報をあなたに提供するわ」

テケナーはスリマヴォの上腕をつかみ、しっかりと目をのぞきこんだ。彼女は力なくずおれ、頭をうしろにそらすと、降伏するように目を閉じた。

「ふざけるな、スリ」テケナーがきびしい調子でいった。「きみのことを、そらじゅう捜しまわったのだぞ。きみの力が必要なのだ」

「わたしは、ここにいたわ」スリマヴォが無邪気にいった。「あなたがヴィールス船をものにしたと聞いて、すぐにきたの。ヴィーがあなたの希望を叶えるのをすこし手伝うためにね。でも、ほかにどうやって力になれるの？」

「テクはストーカーを罰したいのよ」ジェニファーがからかうようにいった。「かれには《ツナミ114》の乗員の死に対する責任があると思っているの。その証拠があるとさえ、信じているわ。ストーカーをやっつけるために、記憶をとりもどしたいのよ」

テケナーはスリマヴォの腕をはなすと、妻をたしなめるように一瞥した。

「わたしたちが《ツナミ114》から持ってきたホログラム記憶装置の件？」スリマヴォが訊いた。「あれがストーカーの罪を問う証拠になりえるかしら？　もう、しかるべき部署に転送した？」

テケナーは、かぶりを振る。

「ストーカーが、どうにかしてごまかすのではないかと恐れている。行動に出る前に、まずしっかり罠をせばめておきたい。それをきみに手伝ってもらいたいのだ、スリ。ストーカーがゆがめたわたしの記憶を修正することができると、いまでも思うか？」

「できると思うわ」スリマヴォがきっぱり答えた。「でも、期待しすぎないでね。ストーカーは、あなたが正しい記憶をとりもどすことにそなえているでしょうから」

「それでも、こちらにはツナミ艦が襲撃されたさいのホログラムがある。ストーカーは、そのことをまったく知らない。これを有効に用いたなら、かれの罪を立証できるだろう。ホログラムの存在を知らない以上、これがどれくらい見る価値のあるものか、かれにはわからないわけだ。もしも有罪なら、みずから本性をあらわすかもしれない」

「なんて抜け目がない」スリマヴォが賞讃するようにいった。「作戦会議をすぐにはじめましょうか？」

「いや」と、テケナーが答え、だれもが驚いた。「まず《ラサト》でテスト飛行したい。すでにエネルプシ・エンジンについては聞いているが、ためしてみたいのだ。わたしが知るかぎり、エスタルトゥ諸種族はこれを長距離飛行に使うらしい。《ラサト》は出発できるのか？」

「飛行準備はできています。操縦可能です」ヴィシュナの声でヴィールス船が答えた。

「どこに向かいますか？　アンドロメダ、三角座銀河、または局部銀河群の向こう？」

「まずは、冥王星軌道をこえる」テケナーが答えた。「とはいえ、エネルプシ・エンジンをためすことが重要だ」

「ですが、それが可能なのはプシオン・ラインが存在する宙域においてのみです」ヴィールス船が考慮をうながすように告げた。

「わたしがいまあげた宙域には、それが存在すると確信している」テケナーが応じた。

「ならば、ようすを見ましょう」ヴィールス船がいった。まもなく、あらたまった調子でつづける。「全ヴィーロ宙航士に告ぐ！　《ラサト》は半時間後、テスト飛行に出発する。まだ決心のつかない者は、すぐに船を降りるように。さもなければ、飛行に参加すること。いずれにせよ、また出発ポイントにもどってくる」

＊

《ラサト》は完全に音もなく漂うように進んだ。グラヴォ・エンジンは問題なく機能する。雑音も振動もない。反重力リフトと似たような原理で動くのだ。ただし、みずから重力フィールドを構築する必要はなく、既存の磁場を利用することによって。この原理にもとづく技術は非常にすぐれているため、天体までどれほどの距離があっても、グラヴォ・エンジンにはなんの損耗《そんもう》もない。

ヴィールス船はこう説明するあいだも、太陽系辺縁部に向かって進んだ。

ねた。

「いつ、エネルプシ航行に移行できるのか？」土星軌道をこえたさい、テケナーがたず

「いつでも」ヴィールス船が応じた。「太陽系宙域には、驚くほど多くのプシオン性エネルギー・フィールドラインが存在し、密集したネットを構築しています。これは、クロノフォシルの重要性とも関連するかもしれません」

「モラルコードのプシオン・フィールドも関係するのではないかしら？」ジェニファー・ティロンが訊いた。

「エネルプシ・エンジンのスイッチを入れるのだ！」テケナーが命じた。

船首の窓から見える宇宙が、光と色の比類なきみごとな花火のなかで突然、爆発したように見えた。アインシュタイン宇宙から五次元への移行段階……ヴィールス船がいうところのプシオン・フィールドへの進入……もまた、完全に無振動だ。心身ともにいかなる悪影響も見られない。ただ、はげしい光現象だけが予想外だった。

「モラルコードのプシオン・フィールドとプシオン・ネットのエネルギー・フィールドラインは、厳密に切りはなして考えなければなりません」ヴィールス船が、ジェニファーの問いかけに答えた。「理論的には、プシオン二重らせんを旅してまわることは可能ですし、実現できるでしょう。それにともなう危険に遭遇しても、障害ファクターにならないためには、経験豊富なプシオン航法士である必要があります。とはいえ、プシオ

ン・ネット自体に危険性はあります。いま、それについて触れるにはおよびませんが」

「そうだな、そのままにしておこう！」テケナーがきっぱり告げた。「われわれは快適な船旅をしているのではなく、重要な任務についているのだ」

「あらまあ」と、ジェニファー。「それについては、まだだれからも聞いていないわ」

「いま、聞いたじゃないか」テケナーが簡潔にいった。にやりとすると、ふたたびヴィールス船に向きなおる。ツナミ艦が探知した星形船について語り、座標を告げた。そこで、これまで胸に秘めていた憶測を口にする。「この船がわれわれの追跡を逃れることができたのは、ひとえに、プシオン性エネルギー・フィールドラインのネットにかくれたからではないかと思う。これはありえるか、《ラサト》？」

「現実的です」ヴィールス船が答えた。

「船をそこで探しだし、探知するのは可能だろうか？」テケナーが訊いた。

「船がまだその座標にいるなら、まったく困難ではありません」ヴィールス船が答えた。

「あなたがあげた宙域を縦横に飛んでみましょう。プシオン・ネットは、そこにとくに密集しています。いいかくれ場かもしれません。とはいえ、そこに見つけるべきものがあるなら、わたしはそれを見つけるでしょう」

「あなたには、プシオン次元の美しさがまったくわからないの、テク？」ジェニファーが驚きの声をあげた。「なんて、みごとな……」

「また、こんどにしよう」テケナーが言葉をさえぎる。「プシオン航法によってもたらされる眺望に感嘆する機会は、これからも充分にあるだろう。まずは、ストーカーを捕まえたいのだ」

「あなたは、なにを期待しているの？」

テケナーはなにも答えない。目にうつる光の動きが通りすぎるのを、平然と見守っている。宇宙が五次元スペクトルのなかで、脈動する鮮やかな有機体のように見える。それはつねに動いていた。

目の前では、グリーンの光の筋が無限に向かって伸びていく。べつのプシオン・ラインがそこに交差し、ほとんど出現しないうちにふたたび消えた。

「探知！」ヴィールス船が告げた。「あなたがいっていたような物体を見つけました。相手もまた、こちらに気づいたようです。撤退していきます」

「逃すな、《ラサト》！」テケナーが命じた。「われわれ、見失ってはならない」

「振りきられはしません」ヴィールス船が保証する。パノラマ窓が曇り、一瞬、プシオン・フィールドのグリーンの軌道が消えた。すると、展望窓がふたたび明るくなる。ところが、色鮮やかにきらめくプシオン領域のかわりに、突然、スクリーンいっぱいにかたちのある物体が出現した。

映像は、数秒間、くっきりとうつしだされ、上部構造物と高くそびえ立つ中央塔をそなえた星形宇宙船が完全にはっきりと見えた。

「捕らえたぞ！」テケナーが勝ち誇ったように叫ぶ。ところが、まだ話し終えないうちに、宇宙船は忽然《こつぜん》と姿を消した。

「異船は通常空間にもどりました」ヴィールス船が、息をのんで告げた。まるで、テケナーの興奮がうつったかのような声だ。

「では、われわれもあとにつづく！」テケナーが命じた。「船を拘束し、その存在をストーカーが否定できないようにしなければ。逃してはならない、《ラサト》！」

脈動する光と色彩の宇宙が内破し、《ラサト》は通常空間にもどった。

「探知！」ヴィールス船が報告する。するとただちに、星形船がふたたび姿をあらわした。スクリーンに大きくうつしだされ、船殻の黄色い三角形シンボルさえ見える。

「ストーカー、ようやく、きみを捕らえた！」テケナーが声を押しだすようにいった。

「この手の船をあと何隻、銀河系内に待機させているのか？」

「異人がコンタクトしてきました！」ヴィールス船が報告した。「どう対応しますか？」

「受信してくれ」テケナーが、いささか驚きながら命じた。

目の前の、腕二本ぶんもはなれていないところに、突然、頭部のホログラムが輝く。

「ストーカーだわ！」ジェニファーが驚きのあまり、叫んだ。

異人の三角形の黄色い目が、まっすぐこちらを見つめているようだ。すると、完璧なインターコスモが聞こえてきた。

「わたしは、パニシュのソモドラグ・ヤグ・ヴェダ。宇宙船《エスタルトゥ》乗員を代表し、ギャラクティカーに挨拶する。われわれは平和目的でやってきた……ソト＝タル・ケルが証人だ」

「つまり、この手の連中がもっといるわけだ」テケナーが自分自身にいいきかせるようにきっぱりといった。ストーカーにそっくりな姿のホログラムに向きなおり、告げる。

「平和目的ならば、なぜきみたちは姿をかくし、われわれから逃げたのだ？」

「ギャラクティカーの平和と安寧を妨げたくなかったからだ」ソモドラグ・ヤグ・ヴェダが答えた。「われわれ、ソト＝タル・ケルの合図を待っていた」

「もはや長く待たされることはないだろう」テケナーが怒りをおさえながらいった。もっと多くを期待していたのだが、どうやら、ストーカーの腹心はあらゆる事態にそなえていたようだ。テケナーにとっては、こんな見せかけの平和主義よりも、まだ武器衝突のほうが好ましいものだっただろう。

とはいえ、もうひとつ策がある。

「テラにもどろう」テケナーがきっぱりと告げた。「そのあと、わたしに協力してくれ、スリ」

4

第四の〝奇蹟〟シルラガル……歌い踊るモジュールの輪舞

ＮＧＣ４５７９のいたるところで、かれらに遭遇するだろう。エスタルトゥ最大のこの銀河の中心で、辺縁部で。宇宙空間で、惑星で。酸素世界でも、毒ガス世界でも。文明拠点でも、未開惑星や原始惑星でも。

かれらは流浪《るろう》の民、モジュールだ。あてどなく宇宙をさまよい、突然、惑星にあらわれたかと思えば、ふたたび、ひっそりと消える。なんの存在資格も持たず、なんの意義も満たさないように見えるかもしれない。予測のつかない存在だ。かれらがどのコースをとり、次にどこに出現するのか、だれにも予想できないから。かれらは頻繁に銀河のはしからはしまでさまようが、ほかのモジュールに遭遇することはすくない。

それでも、たがいを探しもとめている。探し、待っているのだ。いつしか、二体のモジュールが出会い、ペアになる。二体が四体となり、ともに進む。さらなる同胞を探しもとめ、見つけていっしょに連れていく。集団はますます膨《ふく》らみ、数が多くなるにつれて、加速度的にほかのモジュールが合流する。こうして、まもなく千のモジュールからなる大群が生じ、やがてその数は一万に膨らみ……たちまち百万となる。そのさい、かれらは無言だ。シグナルも発さず、たがいに呼びかけることもない。それでも、謎に満ちた方法でたがいを感じる。十億のモジュールの大群が、たちまち倍に膨れあがる。

数十億のモジュールは、息をのむような景観を呈《てい》するだろう。かれらはつねに移動し、つねに新しい隊形をつくり、ジグザグに、あるいは渡り鳥のようなV字隊列で宇宙空間を進んでいく。星や結晶をかたちどり、まだ見たこともない、想像すらできないような最上の物体をつくるのだ、星間放浪者よ。モジュールは踊り、沈黙を破って歌う。その歌といったら、ただ、みごとだとしかいいようがない！　まさに天使の歌声だ。至福と生きるよろこびの表現といえよう。まったくたしかなことに、かれらはこのような方法で、みずからの存在のよろこびを表現している。だが、かれらは有機生物ではない。未知技術の構成要素なのだ。かれらがどこからきたのか、何者なのか、だれも知らない。それでも、かれらが歌い踊れば、それを見る者も聞く者もまったく違う気分になる。たとえ、歌と踊りがなにを表現するものか、わからなくとも。さらに、これはすべての周波で聞くことができる。通常通信でも、ハイパー通信でも、プシカムでも受信できるのだ。その踊りは見る者の血をたぎらせ、歌は直接からだのなかに入り、脳へと伝わる。ともに踊り、ともに歌いたくなるだろう、そして……

だが、わたしが多くを語る必要があろうか。旅立て、ヴィーロ宙航士よ。エスタルトゥの第四の〝奇蹟〟をみずから体験するがいい。

＊

ずんぐりむっくりの男は、絶望のあまり、カールした銀髪をほとんどむしりとりそうになった。深呼吸し、心を静める。それから、ようやく口を開いた。

「おいおい、ストーカー」親しみをこめた調子でいう。「われわれの役割は明確に割り振られているはず。きみは超越知性体の使者で、なにかを人間にもたらそうとし、その製品を宣伝する。かたや、わたしは責任を持ってキャンペーンを展開するジャーナリストだ。そうだな？」

「それは、これまでうまくいっていたはずだが、クローン・メイセンハート」ストーカーがいった。その声には、いささか驚きがこもっていた。「なにがいいたいのか、まったくわからない。われわれ、すでにエスタルトゥの〝奇蹟〟四つを宣伝してきた。ヴィーロ宙航士の大多数がこれに反応をしめさなければ、驚くというもの。きみは、なかなかよくやってくれた。シルラガル銀河のモジュールも、視覚的にかなりいい感じに置きかえてくれた。かなりどころか、すばらしくといってもいい」

「褒《ほ》めるのはそのくらいにしておけ。さもないと、メイセンハートはさらに思いあがるだろう」ストーカーの背嚢に腰かけたスコルシュが口をはさんだ。

「とはいえ、ただ即席につくっただけだ」メイセンハートがいった。絶望感が増していく。「これらのモジュールというのが実際なんなのか、まったく見当もつかない。どのように見えるのか？　どれくらいの大きさか？　それについてなんの説明もなく、ただ空想力を働かせたにすぎない。だが、あれが最後だ。わたしは、きみからデータをもらいたい。第五の〝奇蹟〟の宣伝を構築できるように」

ストーカーは顔を明るく輝かせた。三角形の黄色い目は、はかりしれないほど遠くを見つめている。腕をあげ、長く細い両ひとさし指を伸ばすと、二本の指揮棒を振る指揮者のごとく、空中に言葉のリズムに合わせて曲線を描き、

「トロヴェヌールの〝オルフェウス迷宮をめぐるカリュドンの狩り〟だ」そういって、メイセンハートを見つめる。「これだけで、充分に意味深長ではないか？　すべてを物語っているではないか、わが友よ？　カリュドンの狩り！　オルフェウス！　迷宮！これは、連想可能な謎めいた三つの概念であり、人間の想像力をかきたてるもの。このなかにはまた、一連の天文データもふくまれている。トロヴェヌール銀河とはNGC4564のことだ。レポーター魂よ、これ以上、きみはなにを望むというのか」

ジャーナリストはストーカーに無邪気に見おろされ、ヘビににらまれたウサギになった気がした。たまらなくなって背を向けると、もどかしそうに腕を振りまわす。食いし

ばった歯の隙間からいくつか悪態をつき、ふたたびエスタルトゥの使者に向きなおった。

「それでは、あまりにかんたんにかたづけすぎだ、ストーカー」苦労して忍耐を自分に強いながら告げる。「きみがギリシア神話に魅了されているのはとうに明らかだが、そこからいくつか言葉を選びだし、よく響くように混ぜ合わせてギャラクティカーに提示するだけでは充分ではない。すくなくともやってみなければ、なにもはじまらないぞ」

メイセンハートは口をつぐむ。またもや、とりみだしてしまった。いくぶん冷静になると、先をつづける。「わたしは〝カリュドンの狩り〟という概念の背後になにがかくれているのか知っている。女神アルテミスは、人々が生け贄《いにえ》を忘れたことに対する怒りから、カリュドンの耕牧地にイノシシを一頭はなった。この野獣狩りに、ギリシア全土から勇士たちがこぞって参加した。ごく一部の名前を連ねると、テセウス、メレアグロス、イアソン、イピクレス、ゼウスの息子たちなど。この大活劇をエスタルトゥにどう関連づけろというのか？　イノシシをどのような野獣に置きかえるべきか？　そもそも、生きている野獣の狩りに関するものか、それとも、むしろ架空の脅威なのか？　これがひとつめの疑問だ。ふたつめ。オルフェウスの迷宮から、わたしは具体的なものをなにも想像できない。なにかテラでのショーに置きかえるべきなのか。そうすれば、しかるべき特殊効果に窮することはないのか……」

「きみは銀河規模のショーをしているではないか、わが友よ」ストーカーが口をはさんだ。「わたしもまた、エスタルトゥの〝奇蹟〟の名称を、ギャラクティカーが理解できる言葉に置きかえているにすぎない。きみも、同じようにするべきなのだ。きみがどのように説明し、どのように視覚的なものに置きかえようと、かまわない。それらはきっと、本質をとらえるだろう。わたしの説明的言葉など蛇足にすぎない」

「だったら、なぜわたしがショーを編成できるよう、きみの台本を見せてもらえないのか？」メイセンハートが要求した。

「まず、映像により、インスピレーションをもらいたいからだ」ストーカーが無邪気に答えた。「これまで、四回とも非常にうまくいった。ふたたびうまくいくだろう」

「だが、わたしなしでな！」メイセンハートがきっぱりと告げた。「わたしは、もう協力しない。必要な背景についての情報をあたえないなら、ひとりでどうにかしてくれ」

「なぜ、そんなに怒っているのだ、わが友よ？」ストーカーがおだやかにたずね、ふたたびメイセンハートの目を見つめた。「実際、なにについて憤慨している？　わたしはただ、きみにはエスタルトゥの〝奇蹟〟をギャラクティカーに深く理解させ、ふさわしい映像に置きかえてもらいたいだけだ」

「まさにそれが、わたしにはできないのだ。そのために必要な情報をきみが拒否するから！」メイセンハートが興奮のあまり、叫んだ。「わたしはもう、運を天にまかせて働きたくはない。そもそも、トロヴェヌールの迷宮とはなんだ？　惑星だけにかぎられたものなのか、それとも、宇宙を横断するハイパー次元の異常のことなのか？　迷宮に侵入する者をなにが待ちかまえているのか？　どのような恐怖に遭遇するのか？　そこでは、致命的危険が待ち伏せているのか？　迷宮を克服した者にはどのような報酬があるのか？　落伍者はどのような運命に苦しむのか？　わたしにはこのようなデータが必要なのだ。さもなければ、保安部チーフの承認はまず得られない。カリュドンの狩りに参加する、あるいは、迷宮に挑もうとするヴィーロ宙航士のために、ガルブレイス・デイトンは安全保障をもとめるだろう」

スコルシュは、ずっとおちつかないようすでストーカーのからだによじのぼり、尻尾をぴくぴくさせていたが、どうやら、もう自制できないようだ。ストーカーの肩ごしに、メイセンハートに向かって非難するように細い腕を伸ばすと、がなりたてた。

「きみを挑発し、うまく聞きだそうとしているぞ、ストーカー。その手に乗ってはならない。やつはスパイなのだ。きみをだまそうとしているのに気づかないのか？」

「口を閉じろ、生意気な侏儒め！」メイセンハートがスコルシュをどなりつけた。「わたしはただ、共同作業のための健全な礎《いしずえ》を要求しているだけ。とはいえ、わたしにはほとんど、きみがヴィーロ宙航士をだますために意図的に情報をかくしているように思えるのだ、ストーカー」

「そのようなことをいわないでくれ、友よ……」ストーカーが残念そうな、いささか傷ついた声の調子でいった。それでも、メイセンハートは怒りのあまり、気づかない。

「ますます疑わしく思えてくる」ジャーナリストは、ストーカーの明らかな譲歩に勇気づけられ、訴えるようにつづけた。「きみのいうすべての〝奇蹟〟がはかない夢だと証明されても、わたしは驚かないだろう。あるいは、ヴィーロ宙航士に対する罠だとしても。スーフーの従軍商人が人身売買者でないと、なぜわかる？　シオム・ソムの門が破滅に導かないと、なぜ保証できる？」

スコルシュが、超越知性体に対する侮辱、エスタルトゥ諸種族に対する誹謗中傷だといって、金切り声をあげはじめた。

それでも、メイセンハートは耳を貸さない。だてに、自由奔放な発言で知られるセンセーショナルなレポーターではないのだ。それに、ストーカーに対し、自分の意見をはっきりいってやりたい。

「歌い踊るモジュールは新手の、民衆をかどわかす者だろう！　エレンディラの宇宙のリングは……ひょっとしたら、実際に冥界への標識かもしれない！　きみの美辞麗句にはうんざりだ、ストーカー。わたしは、ことの真相をきわめてみせる。手の内を見せろ。さもなければ……」

「さもなければ？」ストーカーが、とりたてて強調することもなく訊いた。

このひと言で、メイセンハートはたちまちわれに返った。スコルシュの絶えざる挑発も、このつかみどころのない挿入句ほど、深刻な影響をあたえない。

メイセンハートはストーカーを見つめた。言葉が喉につかえたままだ。ストーカーはいまなお笑みを浮かべている。それでも、なめされたような頬の筋肉が引きつり、本心をのぞかせていた。黄色い目は曇り、まるで怒りの霧がもうもうとたちこめるようだ。

突然、メイセンハートは、エスタルトゥの使者がコスモクラートのタウレクと対峙《たいじ》したさいの光景を思いだした。タウレクもまた、ストーカーを過度に刺激し、ほとんど騒動を引き起こしそうになったのだ。メイセンハートは、驚きとともに確信した。おそらく、自分はやりすぎたのだろう。ストーカーが遵守《じゅんしゅ》する法典に抵触してしまった気がする。ストーカーはこの法典について、折に触れてほのめかしていた……とりわけ、謝罪するさいの口実や、手品のトリックを必要とする場合に。どうやら、いま、その法典が効果を発揮する瞬間が訪れたらしい。

クローン・メイセンハートは、突然、恐くなった。ストーカーはいまだに笑みを浮かべ、脅かすようなそぶりはなにも見せないものの、恐怖心を起こさせる。

「きみの言葉は心の奥底に響いた、わが友よ」ストーカーが、そっけなくいった。なにか気にいらないことがあると、いつもそんな口調になる。「そのようなひどい言葉を聞いた以上、どうすれば、わたしがきみの信頼を勝ちとり、さらなる協力関係をたもてるというのか」

驚愕が、メイセンハートを文字どおり、麻痺させた。漠然とこの瞬間、ストーカーにはすべてが可能なような気がした。威嚇《いかく》的なものはなにも持っていないのだが、それでもメイセンハートにとっては、まさにこの過度に強調された愛想のよさこそが、警告シグナルだった。

このとき、あることが起きる。まさにそれが、恐ろしい運命から自分を守ってくれたのだと、のちにメイセンハートは確信するわけだが。

ホーマー・G・アダムスが、訪問について、なんらかの方法で知らせることなく、ストーカーの宿舎にあらわれたのだ。ストーカーはどれほど驚いたにせよ、ただちにあらたな状況に順応する。メイセンハートは緊張から解放され、安堵の息をついた。

「ガーシュインだ！」と、スコルシュ。メイセンハートが宇宙ハンザ代表の姿にほとんど気づかないうちに、金切り声をあげる。侏儒の声は、ストーカーに対する警告のように聞こえた。「ようこそ、ガーシュイン！　この自称メディア王の生意気な口をふさぐのに、ちょうどいいときにきてくれた」

アダムスは真剣な顔になった。ストーカーからメイセンハートに視線をうつし、ふたたび視線をもどす。そのさい、スコルシュをわざと無視した。

「どうも、雲行きが怪しいようだが？」半ミュータントが訊いた。

「クローン・メイセンハートと、ちいさな意見の相違があったのだ」ストーカーが笑みを浮かべながらいった。「とるにたりないこと。これ以上の共同作業は不可能だと、双方とも理解し、平和裡《り》にべつべつの道を歩むことで合意した。クローン・メイセンハート、きみにはもちろん、成功報酬をふくむ謝礼すべてを受けとってもらいたい」

「なにはともあれ、きみがわたしの宣伝キャンペーンの成功を確信していると聞いて、うれしいかぎりだ、ストーカー」メイセンハートは皮肉をこめて応じた。いやみのひとつでもいわずにはいられなかったのだ。アダムスの存在がジャーナリストを勇気づけた。実際、そのおかげで、さっさと退散できるとほっとし、「もう、わたしは消えたほうがよさそうだ」

「なぜ?」半ミュータントがいった。「わたしがストーカーとする話は、すべて公式なものだ」

メイセンハートはしぶしぶ足をとめ、考えた。このせっかくの救いのチャンスに乗じ、なにか口実をつけてこの場を逃げだそうか。ところが、そこでふたたびアダムスが口を開き、

「あらたな観点により、締結する交易協定のいくつかの点について、もう一度話し合う必要が出てきた」と、告げた。ストーカーとの会話において、これまで訊いたことのないような鋭い声だ。

「明らかにすべきことは、まだたくさんある、わが友よ」ストーカーがいつものごとく

礼儀正しく答えた。スコルシュは左わきの下を這うように進み、軟骨の尾で骨盤にしがみつく。まるで、口喧嘩を恐れているかのようだ。「われわれ、交易協定がどのように双方の力の集合体に利益をもたらすか、ようやくその概要について話しただけだから。それに、わたしは、きみがハンザ・スポークスマンのときと同様、政治家たちの反対にあうにちがいないと確信している」

「ハンザ・スポークスマンは、わたしの味方についてくれたが」アダムスが告げた。

「政治家に関しては、きみは間違っていない。とはいえ、それについてはきみに責任がないわけでもない、ストーカー。わが友よ、もし政治家と軍人がきみに対して反感をいだいているとすれば、それはきみ自身が招いたもの。きみのいつもの煙幕戦術にも、責任の一端がある」

「手きびしい言葉だな、ガーシュイン」ストーカーが後悔に打ちひしがれたようにいった。「わたしが過ちをおかしたのなら、よろこんで忠告にしたがおうとも、友よ。わたしはテラナーに順応できるよう、そのメンタリティを充分に学んだものと思っていた。ところが、どうやら、さらにたくさんの経験を積まなければならないようだ。すべてについて話そうではないか、ガーシュイン、だが、ここではないところで」

「では、どこで?」アダムスが訊いた。

「きみたちを侮辱するつもりも、傷つけるつもりもないのだが」ストーカーがまわりくどくいった。「つまり、わたしがこれ以上きみたちの好意に甘えたくないといったとしても、誤解しないでもらいたいのだ、友よ。きみたちは、わたしがハンザ司令部で可能なかぎり快適にすごせるよう手をつくしてくれた。わたしを腹心のように迎え入れ、王のようにあつかってくれたもの。とはいえ、そのすべてをもってしても、住みなれた環境のかわりにはならない」

「要するに、エスタルトゥにもどるつもりなのか？」アダムスが訊いた。

「ある意味では」ストーカーが答えた。「というのも、わたしは〝エスタルトゥ〟という名の船で銀河系にやってきたから。これまで黙っていて申しわけなかった、ガーシュイン。わたしは、この宇宙船に銀河系まで護衛されてきた。きみたちがいくらつくしてくれたところで、しょせん、ここは自分にとり未知の場所。わたしは《エスタルトゥ》にもどりたくてたまらない。とりわけ、わがチームがぶじかどうか心配なのだ。許してもらえるか、ガーシュイン？　もちろん、お礼の印として、きみとほかの幹部メンバーを船に招待させてもらいたい。そうすれば、われわれはまた、きみにとって気がかりなテーマについて話し合うことができる」

「きみの船《エスタルトゥ》こそ、そのテーマなのだが」半ミュータントが困惑したようにいった。どうやら、ストーカーはこの告白により機先を制し、相手の気勢をそぐつもりだったようだ。

これにより、アダムスは負けた。とはいえ、ストーカーがみずから白状したことについては、けっして不満足ではない。

だが、クローン・メイセンハートにとりこれは、ストーカーが非常に狡猾で、海千山千の輩《やから》だということの確証にすぎなかった。

それでも〝最後の韋駄天レポーター〟として、このニュースのセンセーショナルな本質に気づき、すでに頭のかたすみで、報道に適した構成を練りあげていた。

＊

ホーマー・G・アダムスには、この展開を歓迎すべきか、それとも、ネガティヴに判断すべきか、よくわからなかった。

すでにガルブレイス・デイトンから、ロナルド・テケナーの発見について報告を受け、ストーカーに対して、よりきびしい処置をとるよう要求されたもの。結局、ストーカーはこれまで宇宙船の存在を黙っていたのだから。ようやくストーカーと内々に話し合えたことにより、最悪の事態は避けられた。

とはいえ、アダムスが追いつめる前に、ストーカーは、時機を逸することなく反応し、みずから自船の存在を認めた。半ミュータントには、ストーカーが進んで告白したのだと思えてならない。もちろん、異人は《エスタルトゥ》が発見されたと知り、ただそれゆえに自分からいいだしたとも考えられる。事実がどうであれ、苦々しい後味はのこった。ストーカーは、証拠を突きつけられそうになるたびに、そのぶんだけ明かしていくつもりではなかろうか。

当然ながら、こうした些事《さじ》が、ストーカーとの交易協定に……それゆえ宇宙ハンザの強化に……反対する勢力を強めることになる。しかし、アダムスはこれに惑わされず、一度選んだ道を断固として突き進んだ。味方となる意見もいくつかある。そのうちのひとつが、統合された銀河系である〝ギャラクティカム〟は、銀河系外に対応した経済基盤を必要とするというもの。それこそが、まさに強い宇宙ハンザなのだ。

これについては、そもそも、だれもがアダムスと同意見であり、必要な援助を惜しまなかった。だが、残念ながらストーカーに対する疑いはなにも変わらない。人々は静観することを提案し、取引関係を持つ前にまず、あらゆる利害得失を試算しようとした。それでも、半ミュータントは即決を迫った。そうしなければ、宇宙ハンザの優位をたもつことができないと考えたから。

アダムスは、ギャラクティカムについては反対しないものの、最優先なのは、宇宙ハンザの利益だ。

これが、NGZ四二九年二月二十四日の状況だった。ストーカーは前日にハンザ司令部を去り、《エスタルトゥ》にもどっている。十二本の腕を持つ星形船は、いまだ同じ、ロナルド・テケナーがヴィールス船で見つけだしたポジションにあった。つまり、冥王星軌道の向こう側だ。ジュリアン・ティフラーは、ストーカーをテラ軌道上の宇宙ステーションまで迎えにくる一搭載艇に、星系への進入を許可した。移動はなにごともなく進んだが、公式行事に付随する華やかさもない。クローン・メイセンハートはこれについて報道し、宇宙船《エスタルトゥ》についてのニュースを視聴者に約束したもの。

一方、アダムスはストーカーの船への招待状をしかるべく転送する。銀河系代表団に属するべきメンバーは、ストーカーがみずから選んだ。

宇宙ハンザの代表アダムスのほかに、ジュリアン・ティフラー、ガルブレイス・デイトン、プラット・モントマノールが、LFT、テラ保安部、GAVÖKの代表として入っている。くわえて、ストーカーは、銀河系の宇宙航行種族からそれぞれ一名を、そのほか一連のヴィーロ宙航士から代表者三名を自船に招待するといった。かれらの同席をとりわけ重視したのだ。ヴィーロ宙航士は、エスタルトゥ諸種族とコンタクトをとるべき、最初のギャラクティカーとなるだろうから。

アダムスは長く考える必要もなく、レジナルド・ブル、ロワ・ダントン、ロナルド・テケナーの三名を選んだ。とはいえ、テケナーは参加を辞退する。親睦の意思表示を決定する前に、まずストーカーのより詳細なサイコグラムを入手したいという理由で。ロナルド・テケナーがストーカーに対して深い恨みをいだいていることは、もはや秘密で

はなく、それゆえ、この事態をアダムスは深刻にとらえなかった。　長考せずに、テケナ
ーのかわりにデメテルを任命する。

まもなく、ロワとデメテルのヴィールス船《ラヴリー・ボシック》から、ふたりの承
諾の返事がとどいた。

＊

「まるで貿易戦争ですね」シガ星人のコーネリウス・"チップ"・タンタルが不平をいっ
た。「われわれ、最大のヴィールス船という地位を失いました。ストロンカー・キーン
の報告によれば、《エクスプローラー》はたえず、さらなるヴィールス断片の流入を記
録しているようです。どうやら、すでに八百ほどのパズル・ピースを保有し、ヴィーロ
宙航士も三万名に達したとか。それに対し、《ラヴリー・ボシック》の乗員は、わずか
一万名。わたしには信じられません。たしかめてみます」

「《エスタルトゥ》に着いたら、ブリーの腹を探ってみよう」ロワ・ダントンがにやに
やしながら応じた。「それが事実だとしても、そう深刻に受けとめるな、コニー」

コーネリウス・タンタルは、テラの二万以上の大都市に分散したヴィールス柱のヴィ
ーロチップ内で、データ流を最後の最後まで制御した前衛騎兵二万名のうちのひとりだ。

この事実と、身長二十一センチメートルほどの大きなシガ星人であるがゆえに、"ち

わ」

びブ″と呼ばれている。

「出発する時間よ」デメテルが急《せ》かす。「ストーカーのショーはどれも見逃したくない
ふたりは、ぜんぶで搭載艇三十隻がならぶ格納庫に向かい、ちいさな二座の乗り物一機を選んだ。テケナーの《ラサト》の搭載機と同じ建造方式でつくられたものだ。機首の透明コクピット、右側には翼のように張りだした貨物室。右舷のキャビン、尾部のグラヴォ・エンジン、拡張アームのごとく機首コクピットの上に突きでた防御システム。

《ラヴリー・ボシック》は、ロワとデメテルがアダムスの招待を受けたあと、《エスタルトゥ》近くのポジションに移動していた。ブリーはすでにプシカムで連絡をよこし、搭載艇で《エスタルトゥ》に到着したと伝えてきた。ブルー族、アルコン人、アンティ、スプリンガー、ハルト人の代表者まで、それぞれの小型船で到着したようだ。それでも、アダムス、ティフラー、デイトン、モントマノールが《ラカル・ウールヴァ》で到着してはじめて、ほかの者たちも乗船を許される。

デメテルは二座搭載機を操縦し、星形のへこみのひとつにある格納庫に誘導された。そこに、《エスタルトゥ》の搭載艇一隻が《ラカル・ウールヴァ》からもどってくる。機体の全長は五十メートル。ほぼ馬蹄《ばてい》形で、星のような十二の突起を有する。

「遅すぎたって、わかっていたわ」デメテルが嘆いた。ストーカーについて、あらゆる

噂がすくなくともかんばしくない評判をたてているにもかかわらず、彼女は相いかわらず、エスタルトゥからの使者に魅了されていたのだ。

ロワは振り返り、《ラヴリー・ボシック》を最後に一瞥した。このヴィールス船は、自由商人の初代皇帝にちなんで名づけたもの。それはどことなく、ヴィーロ宙航士についてのロワの想像の象徴でもある。デメテルとともにヴィールス雲に足を踏み入れたときから、心の奥底で、しだいに自由商人のメンタリティが目ざめていく気がした。次々と《ラヴリー・ボシック》にくわわった一万名のヴィーロ宙航士も、またそうだった。すくなくともヴィールス船が、そう主張したのだ。その言葉を疑う理由はまったくない。

このヴィールス船は、直径六百メートル、厚さ百メートルほどの縁のまるい円盤形。最高三十メートルの高さのドーム形上部構造物が連なる。エネルプシ・エンジンとグラヴォ・エンジン、通信、探知、防御といった技術装置のためのものだ。司令室は正確には船首になく、やや左側にかたよっていた。これはロワ自身が決めたのではなく、《ラヴリー・ボシック》におけるる多くがそうであるように、ヴィールス船自身が率先して決めたこと。ヴィールス船はまた、右舷に可動式の自給自足装置をみずから用意した。すでにこの装置には〝工場〟という名が定着している。

とはいえ、ロワは文句をいうつもりはない。《ラヴリー・ボシック》は、その可能性をまだすべて探られたわけではない驚嘆すべき技術作品であるばかりでなく、かたちも美しかった。どことなく、空飛ぶ宮殿のようだ。デメテルがこの船を〝自由商人の離宮〟と呼ぶのも、まったく的はずれとはいいきれない。

搭載艇が楕円形の格納庫エアロック室に滑りこむと、ふたたび背後でハッチが閉じた。通信で、格納庫が酸素で満たされるまで待つよう指示を受ける。ストーカーのものかもしれない、まさにおだやかな声が、次のように告げた……《エスタルトゥ》船内の酸素含有量は、ギャラクティカーに適合するよう調整され、まったく支障はないと。

搭載艇をはなれると、声が反重力シャフトにいたる道をしめした。シャフトは、用いられた技術を推察させるような特色をまったく持たない。

ふたりは、ドーム天井の円形ホールに到達した。ここでもまた、技術装置はなにも見あたらない。もちろん、壁に沿って細い線が描く幾何学模様は、これが機能を持たないただの飾りではないことをうかがわせるが。

ここでロワとデメテルは、ほかの代表団メンバーと合流した。だれもが、いささかとほうにくれ、質素な船内のようすに驚きをしめしている。ふたりは、非常に無口なアダムスや、ティフラー、デイトン、ブル、プラット・モントマノールに挨拶する。GAVÖKフォーラムの議長はこういった……これは請願者あるいは非特権階級グループに対する歓迎のしかたであり、銀河系全体の代表団にふさわしいものではない、と。

これに対し、ロワが返答するにはいたらなかった。というのも、壁の曲線が開口部となり、そこから、ストーカーが同行者二名をともない、入ってきたのだ。二名は一見、ストーカーとまったく見わけがつかない。ほかの二名よりも三歩先を進むのがストーカー本人だとわかるのは、その右大腿部に乗り、脚に軟骨の尾を巻きつけてしがみつく進行役のおかげだった。

「ギャラクティカムの代表団よ、わが粗末な船にようこそ」ストーカーはそう告げ、ほとんど気づかないくらい、頭をさげた。歓迎の印だろう。両腕をひろげ、言葉をつづける。「ギャラクティカーたちにお願いする。どうか、このみすぼらしいしつらえを無礼に思わないでほしい。もちろん、われわれは銀河系の手本にしたがって公式レセプションを用意し、きみたちがわたしにあたえてくれたような贅沢を提供することもできた。それでもわたしは、この会合では、エスタルトゥ諸種族の生活様式を反映する環境を用意したかったのだ。それはある程度、質素なもの。われわれは非常にきびしい生活をしている。この言葉には、複数の観点が該当するが。どうか、主催者としてのこのような勝手なふるまいを、きみたちギャラクティカーに許してもらいたい」

そこには、合計五十名ほどのギャラクティカーがいた。ストーカーはその列に沿って歩き、それぞれと握手し、各種族の特色に関連づけた歓迎の言葉をかけた。

たとえば、ドラ・ソンに対しては、ハルト人種族が完全にギャラクティカムに統合されるよう祈る、と、いうようなことを告げた。ホラム・タンカという名のエルトルス人には、暴飲暴食だけでなく内面の強さもまた肉体を強化する、と。シ＝イトに対しては、ブルー族が銀河系の美術工芸にあらたな衝撃をもたらすよう望む、と。ロワが名前を聞きとれなかったスプリンガーには、その種族が宇宙ハンザとともに交易大国の強化拡大に貢献するよう望む、と、声をかけた。

「ヴィーロ宙航士たちには」ストーカーは、レジナルド・ブルに向かってこう告げた。「エスタルトゥの〝奇蹟〟を享受し、その体験から、さらなる生涯のための価値ある教訓を引きだせるよう祈っている」

ティフラーとデイトンに対しては、わずかにほほえんでみせただけ。そして、アダムスを抱きしめると、

「ガーシュイン、わが友よ」と、いい、半ミュータントをからだからはなし、言葉をつづけた。「こんどはけっして大口はたたかず、ショー的要素をあきらめるつもりだ。わが船の技術装置についての説明もひかえたい。それは、またの機会にしよう。それよりもむしろ、わが生命哲学について触れたい。きみたちの目に、ときには奇妙にうつるわたしの行動がさらに理解されるように。ただ、きみたちがこの精神的な話に退屈しないといいのだが……」

スコルシュが突然、金切り声をあげはじめ、ストーカーすら驚いて身をすくめた。

「そうしてはならない、ストーカー！」進行役は力のかぎり叫んだ。「防壁をとっぱら

うな。自殺行為だ。弱みを見せてはならない。きみに警告する！」

ストーカーの骨だらけの、キチン質におおわれたからだに震えがはしった。スコルシュがしがみついている右脚を、金属製の床が揺れるほどはげしく踏みならす。その反動で、進行役は支えを失い、はげしく床にたたきつけられた。まるで、あらゆる骨が折れたかのような音がする。それでも、スコルシュは無傷のようだ。すぐにふたたび立ちあがると、犬のように従順に、ストーカーにすりよる。

「このような騒ぎになり、申しわけない」ストーカーは進行役を気にかけることなく、いった。スコルシュは、ストーカーの注意を引こうと、おそるおそる脚を引っかきはじめる。

「われわれ、エスタルトゥ諸種族の生命哲学にとても興味がある」ジュリアン・ティフラーが、沈黙で気まずくなった雰囲気をとりなすようにいった。「それにより、ときおり不可解なきみの行動が解明できればうれしいのだが」

ストーカーは、感謝の笑みを浮かべ、こう告げた。

「それこそ、この会合の意義というもの。われわれのあいだのあらゆる誤解を解きたいと思う」

ストーカーは話しながら腕を曲げると、長い前腕をうしろに伸ばし、人間ならけっしてできないようなやりかたで手をひねった。こうして、背後に立つ仲間二名をさししめし、紹介したのだ。二名は、いまだ身じろぎもせず、表情ひとつ変えない。ストーカーはまず、右手のひとさし指を背後の右側に立つ者に向け、

「こちらがソモドラグ・ヤグ・ヴェダ、こちらがオタルヴァル・リス・ブラン。二名はわが行動……つまり、わが生涯そのものを決める哲学の師で、パニシュと呼ばれる。リス・ブランとヤグ・ヴェダ自身も、ウパニシャド生命学校の卒業生だ。基本知識の十段階を習得し、いまでは〝シャド〟と呼ばれるほかの入門者たちにその学識を伝授している。わたしは、宇宙ハンザの援助に対する感謝とその返礼として、このようなウパニシャドを学ぶ場を銀河系に設立しようと考えている。ギャラクティカーにエスタルトゥの哲学的価値を共有してもらうために。ギャラクティカムにはその需要があると思う。カリキュラムを終え、努力して段階を習得した者には、まったく未知のことが明らかとなる。そもそも、それが可能であるとすら知らない事象が。エスタルトゥの教えの十段階は、思いがけない精神的高みに導くもの。とはいえ、この試験を受けた者は、精神的に成長するだけではない。肉体も鍛えられるのだ」

ストーカーはホーマー・G・アダムスを振り向き、個人的に話しかけた。

「きみもまた、さらに多くを学ぶことができるだろう、ガーシュイン、わが友よ。きみはまったく変わることができる。保証しよう。ウパニシャドがきみのすぐれた精神を助け、同じくらいすぐれた肉体を得ることができるだろう。そうなれば、まちがいなく、

光り輝くダビデ王になれるにちがいない……」

ストーカーは、口をつぐんだ。アダムスが困惑しているのに気づいたのだ。ほかの者たちも、いまの言葉で気まずそうにしているのが、はっきりとわかる。ストーカーはたちまち頭を切り替え、ふたたび一般的な雄弁術にもどった。かれは聴衆を魅了するすべを知っている。ロワ・ダントンは、そう認めるしかなかった。

かれの演説が終わり、以前よりずっと賢くなった者はいなかったが、なんらかの感銘を受けなかった者もいない。最後にストーカーは、次の宣伝放送でエスタルトゥの生命哲学についてより詳細に説明し、これを通俗的な方法で大衆に理解させると約束した。

ストーカーは話を終え、訪問客に別れを告げると、ロワとブリーの前に進みでた。なにも持たないてのひらを背後に伸ばす。すると、進行役スコルシュが両てのひらにパイプ形の物体二本を置いた。

ストーカーは、ふたりを輝くばかりの目で見つめている。ストーカーがパイプの一本を自分に向かってさしだしたとき、ロワはクリスマスのような気分になった。

「これは、エスタルトゥへの遠い旅を試みようとする、果敢で冒険心に富んだヴィーロ宙航士への贈り物だ」ストーカーが説明した。「わたしは、きみたちふたりのために、贈り物として〝パーミット〟を用意した。エスタルトゥのどこに到着しようと、このパーミットをしめせば、その世界と住民の心はきみたちに開かれるだろう。一種のＶＩＰ

パスともいえる。どうか、これをわたしの心ばかりの贈り物として受けとってもらいたい。エスタルトゥの〝奇蹟〟の世界に向かうきみたちの幸運を祈る」

ロワは思わずパイプを受けとり、礼をいったが、あとになって、ようやく気づく。実際、これにより《ラヴリー・ボシック》でエスタルトゥに飛ばざるをえなくなったのだ。いままではまだ、そうかたく決心していたわけではなかったのだが。ブルの表情から察するところ、どうやら友も同じように思っているらしい。

5

ウパニシャド……生命と英雄に関する教え

ウパニシャドの教えは、生命維持の原理と同じくらい非常に単純であり、一方で、生命の意義を問われて答えるのと同じくらい複雑なもの。それは、ウパニシャドに入門したシャドが自分自身になにを期待するかに関わる。そもそも、このまさに基本的な生命哲学は、あらゆる知性体に適用可能である。というのも、これは十段階に区分され、シャドが次の段階に進むには試験を受けなければならないから。この試験とは、次の教えを受ける準備ができたことをしめすのだ。

とはいえ、この生命哲学の研究に没頭するのが未開人なのか、それとも知識人なのかによって状況は変わってくる。道徳的・倫理的感情をおおいに考慮せざるをえない知識人の場合、教えの初歩段階では進捗《しんちょく》が速くないとしても、異なる思考方法に容易に習熟できる。それに対し、自然淘汰の法則にしたがって生きてきた未開人は、思考方法を一新するプロセスが比較的ゆっくり進む。だが結局は、未開人も知識人同様にあつかわれる……このように見れば、あらゆる知性体に同等のチャンスがあるわけだ。

ウパニシャドには、黄金律がいくつかある。

この生命哲学を受け入れられないほど、未発達な者はいない。もうなにも学ぶことはないほど、充分な知識があると思いあがれる者もいない。このうえなく幸福で満ちたりた者でさえ、これ以上満たされることは不可能なくらい充実した生活を送っているとは、主張できないだろう……

ヴィーロ宙航士たちに教えよう。ほかの幸福感情を知るため、技術的ユートピアと文明の束縛から逃れ、生命の単純な価値をとりもどそうとする者たちに。

よろこび、よろこばせ、生き、生かし、善行を望み、善行をあたえ、善行を受けることは、あまりに容易に見えるだろう。それでも、容易に見える事柄は、しばしば、実現するのがもっとも困難なもの。というのも、それは実際、もっともちいさな共通点しか見いだせない、複雑な構造を持つから。エスタルトゥのパニシュたちは、その生命哲学により、これら単純なことをすべて、すでに初期段階においてシャドに教える。それは、さらに高い精神的知識の達成において、ひろく有効な倫理的・道徳的価値において、頂点に達するのだ。内省、瞑想、自己抑制が精神を育てる。また、肉体をも鍛える。

麻痺ビームが肉体を麻痺させると信じるなら……これまでそのように学んできただろう、ギャラクティカーよ……ビームはきみを麻痺させるだろう。ところが、精神が強靭《きょうじん》で、麻痺ビームの麻痺効果に耐えられると確信する者に、ビームはなんの手だしもできない。きみは、真空が致命的なものだと知っている。なぜなら、なにもないところで呼吸できないのは、変えようのない自然原理だと教わったから。たとえ、どれほど精神が強くとも、これに反するものを自分に吹きこむことはできない。とはいえ、すこし違うことはできる、銀河系のシャドよ。肉体の制御方法を学び、一定期間、酸素がなくても生きていけるようにできるのだ。肉体がみずからを守り、メタボリズムが真空においてあたえられた状況に適応し、過剰圧力を生じさせないように。

きみには、これが可能だ！　肉体をさらに鍛え、これを制御するすべを学び、抵抗力のあるものにできる。ハルト人の非凡な身体的特徴に驚くことなかれ……まねをすればいいのだ、シャドのギャラクティカーよ！　精神を鍛えれば、思いどおりの肉体をつくれる。これは、宇宙においてもっとも自然なことだ。なにも不思議な力ではない。なぜなら、その力はきみの遺伝子コードにふくまれているから。ウパニシャドの生命哲学は、これらの潜在能力を呼びさますもの。

脳の能力を最大限に生かすのだ！　かくれた遺伝子パターンにしたがい、肉体を改造せよ！　生命の教えによって英雄となれ！

＊

「話してよ、テク」スリマヴォはベッドのはしに腰かけ、せがんだ。一方、ロナルド・テケナーは、手足を伸ばしてくつろいでいたが、避ける間もなく、あらわな肘の内側に精神安定プラスターを貼りつけられる。少女はなだめるようにいった。「リラックスしてもらおうと思って。さ、話してちょうだい。戦闘ロボット十体をひきいて、火星からルナに転送されたときの、あなたの記憶のなかの出来ごとを。わたしたちふたりとも、その記憶が操作されたものだと知っているわ。それでも、わたしに助けてほしいなら、正確に再現してもらわないと」

ロナルド・テケナーには、いささかばかげているように思えた。従順に横たわる自分の上に、ティーンエイジャーがひとり、フロイトのポーズで深刻そうにかがみこんでいる。とはいえ、スリは真剣なようだ。なんといっても、彼女には特殊な能力がある。そして、テケナーはスリからなにかを得ようとしていた。

自分の記憶を、おぼえているとおりに簡潔な言葉で再現する。

十二月のあの日、クリスマス数日前のこと。テケナーは警告者のシュプールを追っていた。戦闘ロボット十体をひきい、転送機でルナのスチールヤードに到達したところで、銀色の警告者の姿を見つけた。その偽装の奥に、ホーマー・G・アダムスがかくれていて、ただ人類の目をさまさせるために、警告者を演じただけだといった。ホーマーはまた、これはネーサンが特別にプログラミングしたものだが失敗に終わったと告げ、警告者は二度とあらわれないと保証したもの。それでも、結局この巧妙な手口にいたった背景については、なにも語らなかった。ホーマーは、すべてはひたすら宇宙ハンザのためだったといい、あらたな市場の開拓についても触れた。

「ホーマーのやりかたに対する不信や懸念はのこったが、われわれは友好的に別れた」テケナーがさらにつづける。「ただ、ホーマーはふたりで話した内容について口外しないよう、わたしに誓わせた。そのさい、なんと答えたのかまだ完璧におぼえている。〝わかりました！　あなたは数すくない信頼のおける人です、ホーマー。完全に信じているわけではないが、疑う理由もない。黙っていることにしましょう。誓いますよ！〟と、告げたのだ。われわれは握手をかわした。ホーマーがグラスをさしだした。シングルモルトのスコッチウイスキーだ。うまかった！　わたしは戦闘ロボット十体のところにもどり、ともに火星に転送されたのだ。これがすべてだ」

「リラックスして」スリマヴォがなだめすかした。「この件とはまったく関係のないあらゆる感情から自由になるのよ。重要なのは、そのときあなたが感じたと思われる感情に集中すること。それがほんものなのかにせものなのかは、どうでもいい。わたしがうまく、価値のあるものとないものを区別するから。だからこそ、わたしはエンパスなのよ。あなたは、アダムスと向き合ったとき、なにを感じたの？」

テケナーはよく考え、振り返ってみる。

「まずは怒り。そして、それなりの理解」おもむろにいった。「わたしはただ、ホーマーのような男がなぜ、あの手の巧妙な手口を使ったのか、理解できなかった……もちろん、いまならわかる。ストーカーがそうさせたわけだ。あの策士が……」

「気をそらさないで」スリマヴォが注意をうながす。「そのときなにを感じたのか、思いだすだけでいいわ。あなたが感じた怒りはほんものよ。あなたは当時、実際に怒りを感じた。アダムスの行動を理解できなかったことも同様。それから……」

スリマヴォは目を閉じ、テケナーの感情世界に集中した。突然、そこに愛情のようなものを感じ、驚く。この愛情が自分に向けられたものだと知り、さらに混乱した。これにより感情が高ぶり、同時に恥ずかしくなる。というのも、テケナーはいつも自分に対し、そっけなく、無礼にふるまっていたから。ところが、突然、無愛想な見かけの下に強い感情がくすぶっていることをしめしたのだ。さらに深く進むと、自分に対する愛情が純粋に仲間としてのものだとわかり、スリはほっとした。同時に、誇らしさで満たされる。ロナルド・テケナーのような男に友として認められたのだから……

「気をそらさないで！」スリマヴォは注意をうながした。「だいじなことに集中するのよ」

テケナーはふたたび、アダムスとの乾杯を思い浮かべた……ウイスキーの美味を思いだす……金色の液体が喉を流れ、満足感が体内を駆けめぐった。すべてが円満に解決し、ホーマーがすべてに対して充分な根拠のある、納得いく説明をしたことに対する満足感。だが、待てよ！　これはつくられた満足感であり、本当に感じたのではなく、押しつけられたものだ。

スリマヴォはかれの感情を徹底的に解明した。文字どおり、感情をあちこちに向きを変えさせ、あらゆる方向に引っくり返す。すると裏面が見つかり、これが願望的思考であるとわかった。テケナーは心の奥底で、アダムスがもっともらしい、とりわけ害のない説明をするよう願っていた……だれかがその手がかりをつかみ、これを反射させ、逆さまにし……左右を反転させ……その結果、本当に満足したと思いこませたのだ。

スリマヴォは手がかりとなる糸をたどった。一歩ずつ、テケナーの感情をさかのぼり、かくし絵を探るがごとく、おおわれて埋めこまれたほんものの映像を探しもとめる。そして、見つけだした。それはゆがめられ、反転させられ、逆さにされ、拡大され、縮小されていた。まるで、マジックミラーでゆがめられたかのごとく。スリは間違いを見つけ、カリカチュア化された感情のジャングルからほんものの映像を解きはなち、破片をつなぎあわせ、正しい映像にする……

すると突然、テケナーの感情世界が混乱におちいった。というのも、まさにすさまじいほど訴えかけてくる、見知らぬ映像を自分のなかに発見したから。スリマヴォは、次の記憶映像をとりだした。

モルトウイスキーの瓶の前に、ホーマー・G・アダムスがすわっていたところまではいい。ところが、戸口に、銀色に輝く人影が立っている。アダムスがいった。

「宇宙ハンザの福祉と繁栄のために、多少の犠牲は必要だ」その犠牲とは、テケナーのこと。

スリマヴォは、糸をさらにさかのぼった。文字どおりテケナーの精神を裏返しにし、さらに過去の映像を見つける……

「誓いの言葉を信用するわけにはいかない、ロナルド・テケナー」まぼろしのような人影が、警告者の声でいった。「完全に忘れるのだ！　それだけで、すべてうまくいく。きみがわたしの計画をほんのすこし妨害したからといって、死なせるわけにはいかないからな」

スリマヴォは、つかんだ糸をさらにたどり、正しいシュプールを追っていると知った。結び目を次々にほどいていく……

テケナーはケースから武器をとりだそうとしたが、突然、身動きできなくなっていた。その直前、アダムスがこうたずねている。

「こんなことをする必要があるのか？」

「あるとも」銀色の影は答えたもの。「誓いの言葉ではたりない。この件は危険をはらんでいるので」

「あなたとこの地球外生物は共謀しているのですか？」テケナーがぎょっとしてホーマー・G・アダムスを見つめる。

「地球外生物だとだれがいった？」背中の曲がった半ミュータントは首を振った。

テケナーはケースから武器をとりだそうとしたが……

スリは中断し、糸に沿ってさらにさかのぼっていく。

「シングルモルトのスコッチウイスキーだ」アダムスがうれしそうにいった。

スマイラーはいっきに飲み干すと、納得したようにうなずいた。

「もう行きます、ホーマー。火星へ帰るのに転送機を使ってもいいですかな？」

「もちろんだ」

テケナーは転送機室のドアに向かったが、驚いて棒立ちになった。戸口に、銀色に輝く人影が立っている。まるで絵画のように、数分前のアダムスの姿で。

「こんなことをする必要があるのか？」半ミュータントが不満そうにたずねる……

スリマヴォは疲れはて、うしろにもたれかかった。テケナーはあえぎながら、

「つまり、いまのが実際に起きたことなのか。あのとき、ストーカーの真の姿を見たわけではないが、わたしになにをしたかは明らか。プシ・リフレクターのかれが、わたしの記憶を引っくり返し、偽造するのはかんたんだ。これですべてなのか？」

「同行したロボット部隊に関する、あなたの感覚振動がなにか変だわ」と、スリマヴォ。

「これを調べて、さらに記憶映像をさかのぼってみるわね……」

　すると、銀色の影があらわれた。テケナーと戦闘ロボットから数メートルもはなれていないところに立っている。

「くると思っていたよ！」

「あきらめろ！」と、テケナー。「そちらはひとり。こちらには十体の戦闘ロボットがある」

　まぼろしのような人影が笑った。ホーマー・G・アダムスが警告者を演じているのは明白だ。とはいえ、のちの記憶映像が証明するように、アダムスは本当の警告者であるストーカーを守るために、この偽装マスクで登場したのである。

「きみは友だ、ロナルド・テケナー。友に危害はくわえない。降参して白状するよ。だが、きみのロボットを目撃者として使うことはできないぞ」

　突然、かくれていた開口部からビームが噴きだす。ネーサンの武器システムがロボットの防御バリアをやすやすと突破し、文字どおり、十体を焼きはらった。そのため、シュプールすらのこらない。

　まもなく、アダムスが偽装マスクをはずした。これにつづく出来ごとに関するテケナーの記憶は、実際とかなり合致している。ストーカーは、わずかな修正を施しただけ。とはいえ、任務を完遂したわけだ。ほんの些細《ささい》な部分すら忘れることなく。

だが、いまテケナーは完全に記憶をとりもどし、ストーカーの記憶修正は無効になった。あの異人が自分になにをしたのか、あらゆる詳細にいたるまで思いだしたのだ。

「宇宙ハンザの福祉と繁栄のために、多少の犠牲は必要だ」そうアダムスがほとんど告げないうちに、あのとき、ストーカーはすでに攻撃に出ていた。

ロナルド・テケナーという名の犠牲だ。目に見えないなにかが、銀色の影から脳に伸びてきた。テケナーはあっけにとられながらも、それが自分の思考のエコーであることに気がついた。ほんのすこし修正されている。それがもとの思考と急激にまじり合い、新しい未知の思考パターンが生じる。このあらたな思考パターンがテケナーを完全にとらえ、本当の出来ごととの記憶を支配し……

ここで突然、テケナーは起きあがった。口もとに危険な笑みを浮かべ、

「もう一度やるぞ、ストーカー!」と、いう。

「なにをするつもりなの、テク?」スリマヴォが気づかうように訊いた。「もう一度、ストーカーによって操られる危険を冒すつもりなの?」

テケナーは、不敵なスマイラーの笑みを浮かべたまま、考えこみながら告げた。

「ストーカーは、もうなにもかくすものはないと思っている。いずれにせよ、公衆の面前でかつてのハンザ・スポークスマンを襲うことはしないだろう。わたしはただちにクローン・メイセンハートと連絡をとり、ティフとガルブレイスに援助をもとめようと思

う」それから、スリマヴォの目をのぞきこむと、さらに深くほほえんだ。「スフィンクス、こんどこそ陰謀の親玉を捕まえるぞ」

スリマヴォは一瞬、テケナーの感情世界に入りこんだが、驚いてすぐに身を引いた。いま超能力で探ったことは、まったく気にいらない。とはいえ、テケナーは彼女のいうことに耳を貸さないだろう。何物も、何者も、かれの計画を思いとどまらせることはできないのだ。

＊

「テケナー、わが友よ！」ストーカーは大げさな声をあげ、テラナーを抱きしめようと、腕を開いた。「てっきり、きみはもうわたしに謝罪の機会をあたえることなく、ヴィールス船で旅立ったものと思っていたよ。ほんの冗談のつもりだったのだ。許してもらえないか？」

ストーカーはからだをはなすと、腕をおろした。どうやら、テケナーのセラン防護服と胸の前のコンビ銃がじゃまだったらしい。

「とうてい笑えない冗談だったな、ストーカー」テケナーが、かすかな笑みを浮かべていう。とうに、相手の微笑ほど感じのいいものではなくなっていた。「わたしがほんものの記憶をとりもどしたいまは、なおさら笑えない」

「だが、テク……そう呼んでいいか、わが友よ？　きみがもう、よりくわしい状況をすべて知っているならば、あのときわたしには、ほかに選択肢がなかったとわかるはず。わたしがしたことは、ひたすらガーシュインを思ってのこと。友には、警告者の件でとんだ迷惑をかけてしまった。わたしのために責任を負わせるわけにはいかなかったのだ。わたしの名誉にかけて、それはできない」

「きみの名誉だと！」テケナーが、軽蔑するようにいった。「それでも、きみがわたしにしたことについて大騒ぎするつもりはまったくない。わたしには《ツナミ１１４》のほうがずっとだいじなのだ」

ストーカーは、ほっとしたように笑った。手を振りながら、無邪気にいう。

「ツナミ艦の爆破については、わたしもきみ同様に遺憾に思っている、テク。わかっているとも。軽率だった。できるなら、あの事件を消したいくらいだ。わたしは、まさにココに恋をした。できれば自分のためにとっておきたかったのだが」異人はため息をついた。「だが、悔やんだところでどうしようもない。きみに償いを約束しよう」

「《ツナミ１１４》の乗員に対してもか？」テケナーが鋭い声で訊いた。「それに、《ツナミ１１３》はどうなった？　二隻はペアで出発したはず」

ストーカーは、ぎょっとした顔をしてみせた。テケナーは、相手がやや大げさにふるまい、驚いたふりをして、良心の呵責《かしやく》と折り合いをつけるために時間を稼ごうとしているのかと思った。相手の顔がゆっくりと、ふたたび、先ほど見せた驚きの表情になる。その視線はテケナーを通りこし、二十二名の同行者に注《そそ》がれていた。

「まるで戦争に行くみたいだな、テク。なぜ、このような重武装の護衛を連れてきたのだ？」

テケナーは、戦闘服を着用した完全武装の戦士十名と、同じ数の戦闘ロボットをしたがえていた。クローン・メイセンハートもいる。レーザーカメラですべてを撮影し、近くに待機するＬＦＴ艦の一隻に中継していた。そして、スリマヴォ。セラン防護服に身をつつんだほかは、自分の超能力だけをたよりにしている。

「ただの予防処置さ、ストーカー」テケナーがあっさりいった。「すなわち、きみを信用していないということ。たしかに、わたしは質問に答えてもらうためにここにきた。だが、満足するような答えが得られなければ、絶望のあまり、なにをしでかすかわからない。弁解はするな。わたしは、きみが両ツナミ艦の乗員になにをしたのか、知りたいのだ」

スコルシュがストーカーの側面をよじのぼり、耳もとでなにかささやこうと身をかがめる。ところが、ストーカーは、いらいらと手ではらいのけた。背後には、ストーカーの同胞六名が彫像のように立ちつくしている。まるで無関心な見物人のように無表情だ。

「ガーシュインは、きみの行動を知っているのか？」ストーカーが訊いた。

「話をそらすな！」テケナーが冷ややかにいった。「《ツナミ113》と《ツナミ114》の乗員はどうなったのだ？」

「ガーシュインは知らないのだな」ストーカーはそういい、さもありなんとうなずいた。テケナーを無邪気に見つめ、「すでにかれには、ツナミ艦二隻についてわたしはなにも知らないと話してある。さらに《ツナミ114》に関しては、はぐれて漂流しているのを見つけただけ。本当だ！」

「いまのは、すくなくとも明白な態度表明だな」テケナーは満足そうにいい、すばやい動きで、セラン防護服からなにかとりだした。スコルシュが警告を発したが、ストーカーはまったく反応しない。進行役はこれにより、ただテケナーの部下たちに武器をかまえさせただけだった。テケナーがさいころ形物体をかかげ、告げた。「これは、きみが《ツナミ114》を爆破する前に艦内で見つけたホログラム記憶装置だ、ストーカー。このなかには興味深い場面が記録されている。ツナミ乗員の最後の数分間と……ほかにもいくつか。これをきみに見せよう」

テケナーはロボット一体を呼びつけると、ホログラム記憶装置から記録リールをとりだし、これをロボット胸部のスリットにはめこんだ。

「このようなあつかいを許すな、ストーカー」スコルシュが説得する。進行役は背嚢の上に鎮座し、ストーカーの肩に細い腕を突き、軟骨の尾をおちつかないようすで振りまわした。「ガーシュインに知らせろ。なんのための友だ？　かれがこの裁判を終わりにするべきだ。どこの馬の骨かわからぬやつらに、いやがらせさせるわけにはいかない。こんなまねは許すな！」

ストーカーが一度だけ身震いしたが、姿勢は変わらない。肩を落とし、そこに立っていた。あらわな腱と筋肉がゆるみ、まさにだらりとしている。頭はいつものごとく前に突きだされ、骨盤も同様だった。腕をぶらりとわきに垂らしたまま、なにもいわない。

「再生しろ」テケナーはロボットに命じ、数歩後退した。クローン・メイセンハートはさらに近づき、声を発さず唇だけ動かした。マイクに向かってレポートしたのだ。

突然、ストーカーの船の簡素な円形ホールに三次元映像が出現。景色は、明らかに《ツナミ114》艦内のものだ。喧騒が支配し、男女が忙しそうに動きまわっているが、その目的はわからない。ひとりの女が、カメラに向かって手を振り、投げキスを送る。

すると、女の声でナレーションがはじまった。

「われわれはまだほかの惑星と接触できていません。ミッションが失敗しないよう、心から望んでいます。ホーマー・G・アダムスががっかりするでしょうから。われわれが宇宙ハンザのあらたな市場を開拓しようと航行中であることを、みなさんはご存じでしょう……」

さらなる解説がつづくが、たいして重要なものではない。音声にともなう、ほとんどがぶれてぼやけて見える艦内生活の映像同様に。クローン・メイセンハートは、この投影映像をカメラにとらえず、ひたすらストーカーのようすを追っていた。異人は興味深そうな顔をしている。それでも、その表情に好奇心以上のものは見られない。

ストーカーは、一度こういったもの。

「これは、実際《ツナミ114》艦内で撮影されたものだ。わたしは、細部にいたるまでよく知っている。非常に長いあいだ、わたしの艦だったから」

「きみがそれを認めてよかった」テケナーが満足そうにいった。

まもなく、ふたたび女コメンテーターが解説する。

「ほかの宇宙船との接触に成功しました」興奮したような声だ。「空虚空間のただなかです。訪問者の派遣団がここにくるとのこと。わたしは下へおりて撮影します」

「さ、まもなくだ」テケナーが意味深長に告げた。

ストーカーはいささか緊張したようすになり、メイセンハートはこの反応をカメラにとらえた。

「エアロックのすぐ前にいます」姿の見えない素人レポーターが解説をつづける。「もうすぐ登場です。とても感じのよさそうな相手みたいです」

主ハッチが見える……そこからあらわれた生物は、まるでクラゲのようだ。淡い色調でさまざまに色を変えながら漂い、触手に似た肢を軽く振るようすにほっとさせられる。

二十名ほどがツナミ艦に入ってきた。そのうちの一名が、ジャン・ヴァン・フリート艦長に向かって、完璧なインターコスモで挨拶する。一行は見本市会場まで案内され、乗員数名とともにテーブルをかこんだ。一乗員が宇宙ハンザ代表のクラルスと名乗り、商談に関する全権を委任されていると告げた。ところが、商談ははじまらない。異生物が突然、拒絶するようにふるまったのだ。そう、まさに敵対的に。

テケナーはストーカーを横から観察し、そのあらわな頬の筋肉が緊張するのを確認して、思った。もうすぐ捕まえるぞ、こいつを。

突然、景色が変わった。のどかな邂逅《かいこう》の風景が戦争画となる。異生物が正体をあらわし、優雅なクラゲ状生物が光る殺人兵器に、奇妙な戦闘ロボットに化したのだ。あまりに敏捷《びんしょう》に動くせいで、その詳細を把握できない。おまけに、映像がぶれてぼやける。どうやら、レポーターがパニックにおちいり、おちついてカメラを持てないようだ。筆舌につくしがたい混沌が生じ、戦いの騒音と叫び声がこれを突きぬける。

テケナーは、すでにこの場面をくりかえし見ていた。ゆえに、充分に客観的でいられ、感情をおさえることができる。それでも、この映像をはじめて見たときは、冷淡な男として通っているかれですら、さすがに堪《こた》えた。《ツナミ114》のほぼ全員を直接知っていたのだ。友たちのこのような運命の目撃者となることに、とうてい冷静でいられるはずがない。そしていま、おそらくこの卑劣な急襲に対して責任のある者が、すぐ近くに立っている。

「待っていろよ、ストーカー」テケナーが声を押し殺していった。「これから、まだ驚くべきことが起きる」

これは、ただのはったりにすぎない。場面はまもなく暗くなるから。それでも、ストーカーはこれに引っかかった。次の映像をまったく待たずに、攻撃に転じたのだ。

「このような誹謗中傷を許してはならん、ソト＝タル・ケル！」進行役は、そうけしかけると、ジャンプをくりかえし、危険地帯を脱した。安全圏から、さらにはげしく煽動《せんどう》する。「目にもの見せてやれ！　やつらはきみを侮辱し、攻撃してきた。身を守れ！目には目を。エスタルトゥの〝ソト〟の力を思い知らせてやれ！」

神経をまいらせるようなスコルシュの金切り声も、ストーカーが引き起こした不気味な出来ごとの効果音にすぎなかった。ストーカーは突然、べつのなにかに変身する。かれが自制を失った最初のシグナルは、おそらく、三角形の目が縮まり、ちいさな点と化したときだろう。それがふたたびひろがったとき、その目は突然、曇って見えた。

すべてがあっという間に進み、テケナーもほかの同行者のだれもその経過を追えない。それでも、クローン・メイセンハートはすべてを映像にとらえていた。野獣と化したストーカーに捕まるまでは。

ストーカーの下顎が突然、舌なめずりするような音をたてながら前に突きでる。同時に、上唇にしわがよった。その恐ろしい口には、指の長さほどの歯がならぶ。下半身を極端に前に伸ばし、ジャンプするかのごとく腕と脚を曲げた。ありえないほどねじ曲げられた手足の指が、伸びていくように見える。長く黒い鉤爪が形成され、音をたてながら空《くう》を切った。

「発砲!」これが、テケナーの最後の命令だった。部下たちとロボットがほとんど同時に発砲し、変容したストーカーを燃える火球がつつむ。

背後で、スコルシュが鋭い声をあげながら、さらにけしかけた。ストーカーの同胞は、いまだ動く気配すらない。まるで瞑想するかのごとく、石のようにそこに立っている。

突然、エネルギー火球が崩壊し……そこから、荒れ狂う獣が飛びだした。

スリマヴォは、不気味で恐ろしい野獣の姿をちらりと見た。すると、ストーカーが突然、いたるところに出現したような気がした。あまりにすばやく動きまわるため、まるで複数の場所に同時に存在するように見えるのだ。背嚢からは複数の触手が伸び、大きな音をたてながら空をたたく。野獣はジャンプし、宙返りしながら空中を横切り、空間にはしるエネルギー・ネットをあっさりくぐりぬけ、テケナーの軍勢を次々としとめていく。ロボットがたてつづけに爆発した。

スリには、ストーカーがどうやってこれをやり遂げたのか、見えなかった。彼女にとり、それはまるで、なんなく敵をかたづける、ぼんやりとした旋風にすぎない。

すると、それがロナルド・テケナーを捕らえた。スリマヴォは叫んだ。まるで、突然に襲いかかった恐怖が、彼女をトランス状態から呼びさましたかのようだ。数回だけ呼吸をし、硬直したかのように立ちつくす。ストーカー自身から吐きだされた野獣が、すべての敵を一掃するまで。

ゲシール、ヴィシュナ！　そばにきて！　スリはそう思考し、狂ったように暴走する戦闘マシンと化したストーカーに全精神力を集中させた。

スリは、恐怖心をおさえ、べつの感情を解きはなとうとした。強い罪悪感と後悔の念、いいようのない危険に対する恐れ、麻痺させるような恐怖。自分の意識のなかのこれらすべての感情を集めると、ストーカーめがけ、集中放射として投げつける。

これにより、野獣は衝撃を受けた。一瞬、怪物姿のストーカーが攻撃の手を休め、スリを振り向く。スリは必死にさらなる攻撃をしかけた。突然、みずからの放射が強まり、雪崩《なだれ》のようにゆがんで、跳ね返ってきたのに気づく。雪崩は彼女をのみこみ、下敷きにし、意識内に深く入りこみ、これを満たした。スリは自分のものである混乱の塊りを、もつれた感情から解きほぐし、整理しようとしたが、むだだった！　もつれた、病的なにせ感情の巨大な山を克服できなかった。純粋な狂気のこの放射を。

スリの精神は降伏した。

意識を失う。

戦場と化した殺風景《さつぷうけい》な円形ホールに、沈黙がもどってきた。

ストーカーが……優しく温厚なストーカーが……動かなくなったスリマヴォのそばにひざまずき、その髪をそっとなでた。

「なんてことをしてしまったのか」と、うしろめたそうにいう。

クローン・メイセンハートのカメラは、まだまわりつづけ、中継している。

「攻撃されたから、防御しただけ。それがどうしたというのだ？」スコルシュがののしり、ストーカーの伸ばされた腕を伝い、肩によじのぼった。「きみにもまだいくらか自己保存本能がのこっていたのだな……幸運にも。そういわざるをえない。さもなければ、この蛮人たちにさんざんにたたきのめされていたぞ」

「おそらく、きみのいうとおりだろう」ストーカーが自信なさそうにいった。「だが、これをどのようにガーシュインに伝えればいいのだ？」

「ガーシュイン、ガーシュイン」スコルシュがまねていう。「きみは、まるでかれがエスタルトゥをこえる存在であるかのごとく接するのだな。ガーシュインは、きみの乳兄《ちきよう》弟《だい》ですらない。いいかげんに、泣き言をいうのはやめろ。次の宣伝放送の時間だ」

6

第六の〝奇蹟〟ムウン……番人の失われた贈り物

おとめ座十二銀河のなかには、無数の伝説が存在する。とはいえ、NGC4608のムウン銀河に散らばる、宇宙最大かつもっとも貴重な宝の起源について述べた、この伝説のようなものは、ふたつとしてない。

この伝説は、ムウンのどの惑星でも知られている。未開の惑星においてさえ、耳にすることができるだろう、明敏なヴィーロ宙航士よ。というのも、宝の断片はいたるところで見つかるからだ。数百万に達する宝の断片それぞれは、たがいに異なり、どれひとつとしてほかの断片と同じかたちのものはない。だが、それらすべてがひとつの共通点を持つ。それと同様に、伝説もまた変化に富むかたちで語られる。

未開人は、祝福であると同時に呪いとなりうるこの宝を神の贈り物であるというだろう。発展途上にある者は、かつて宇宙航行種族のメンバーがこの惑星を訪れ、不可解な技術の記念碑を原住種族のための試金石として置いていったと語るかもしれない。これらの宝をきみのものにできると話すだろう、好奇心旺盛なヴィーロ宙航士よ。だが、実際にはけっして手にすることはできない。

そして、超越知性体の存在を認識している知性体は、まったく異なるヴァージョンの伝説を語るだろう。つまり、神の贈り物といわれるものは、子供たちへのエスタルトゥの遺産なのだ。きみがこれらの宝物のひとつを借りれば、超越知性体エスタルトゥの栄光のなにがしかが波及する。というのも、伝説によれば、エスタルトゥはこの宝物をかつて、近しい一種族に贈ったことがあるからだ。

その種族とは、プテルスである。エスタルトゥをはっきりと認識するようになり、忠実に仕え、宇宙的使命のさい、味方についたはじめての種族だ。宝物のなかには、超越知性体の知的財産がすべて統合されていた。プテルスはこれらの番人かつ守護者となったのだ。エスタルトゥは、プテルスにこの遺産を思うがまま、自由に利用させた。

プテルスは数千年かけて熟考したすえ、宝の断片を、数千年の周期で惑星から惑星へ移動させることを決意する。それは実行された。とはいえ、すべての種族がプテルスの寛大さを正しく理解するすべを知るわけではない。決まりが守られないこともあった。可能なかぎり多くの贈り物を強欲《ごうよく》にかき集め、ためこむ者もいた。このようにして、宝のほとんどが銀河の舞台から消えた。もっともすぐれた宝の多くは、もう長いこと、見つからない。まったく失われてしまい、いまもなお行方不明だ。その結果、伝説に拍車がかかった。いまでは、超越知性体のほんものの遺品よりも多くの宝の地図がムウンに出まわり、多くの偽造物が存在するといっても過言ではない。

エスタルトゥは、これについて沈黙を守った。だが、冒険心に富むヴィーロ宙航士なら、みずからその場で答えを得ることができる。ただムウンに向かって飛び、エスタルトゥの第六の〝奇蹟〟に感嘆すればいい……勇敢で、すこしの危険もいとわないならば。

＊

この事件後まもなく、スター級のＬＦＴ艦五十隻が《エスタルトゥ》を事実上、完全に包囲した。二百メートル級の球型艦指揮官たちは、ごくわずかな動きでもあれば《エスタルトゥ》を攻撃するよう、ジュリアン・ティフラーより命じられている。ブラッドリー・フォン・クサンテン艦長指揮下の《ラカル・ウールヴァ》の護衛には、第二の大型艦《ローリー・マルテン》がついた。

こうして《エスタルトゥ》は拘束された。とはいえ、手詰まり状態だ。ストーカーが降伏要請を拒否したから。その結果、ティフラーは超越知性体エスタルトゥの力の集合体の使者に、十二時間の最後通牒《つうちょう》を突きつけた。これに対し、ストーカーはまったく反応を見せない。前線は硬直している。

捕虜の解放というふたつめの要請に対し、ストーカーはかれらを戦時捕虜とみなしていることを知らしめた。異人はあの暴走事件のあと、ふたたび温厚そのものにもどっていた。とはいえ、かたくなに自分の立場を守りつづける手ごわい交渉相手でもある。

ストーカーによれば、自分とその同胞……怒らせようとでもいうのか、かれは同胞を〝平和の伝道師〟と呼んだ……に対する敵対行動を開始したのはテラナーだという。客人に対する許しがたい不当なあつかいを、陰険な攻撃、残忍な宣戦布告とみなしたのだと。

「われわれは、息の根が止まるまで戦う」エスタルトゥの使者は悲しげな顔をし、残念そうな声でティフラーに告げた。「ウパニシャドの教えがわれわれに力を授け、英雄法典がわれわれを強くする。エスタルトゥが、われわれの味方だ！」テケナーとその同行者を解放せよという首席テラナーのたび重なる要求に対し、ストーカーはこう答えた。「人質を解放するのは、おろかというもの。そんなことをすれば、きみたちはたちまちわれわれを粉々に砕くだろう」ティフラーが撤退を妨げないと保証しても、スコルシュは軽蔑に満ちた笑いでこれに応じた。それゆえ、首席テラナーがかっとなり脅すと、ストーカーは覚悟を決めたようすで告げた。「われわれは戦う」

「この輩とは、これ以上話してもむだだろう」ガルブレイス・デイトンが理解しがたいようすでいった。「かれは、いったいどうしたというのだ？」

「戦士の名誉が傷ついたのでしょう」フォン・クサンテンが応じた。問うような視線が自分に向けられているとわかると、こうつけくわえる。「自分がどこまでも戦士であるということを、きっと独自にたっぷりと証明したのです」

人質はいまだに《エスタルトゥ》船内の恐ろしい出来ごとの影響下にある。クローン・メイセンハートは、短時間の一方的な戦いを映像にとらえた。ほとんど一分もかからないうちに、ストーカーがあらゆる敵を排除したのだ。それはあまりに迅速に進んだため、だれも、実際になにが起きたのかわからなかった。

それでも、極端なスローモーションで記録を再生し、たった一分間の出来ごとを半時間に引きのばした。そうすることですべてを目でとらえられるように。ストーカーの変化とそれにつづく戦いの詳細を追うことに魅せられつつも、同時に不気味さをおぼえる。それは、恐ろしい暴力の調査であり、いかなる犠牲をはらっても勝利をつかむ戦士の妥協なき戦いについての証拠だった。

ストーカーの行動と矛盾するのは、かれが圧倒的勝利のあと、自身を責めたことだけだ。とはいえ、無敵の戦士であると同時に、ロナルド・テケナーがみなしているような陰謀家でもあるなら、ただ観客のために大騒ぎを演じたのかもしれない。というのも、すべてが録画中継されると知っていたから。ストーカーはカメラを見つめ、こういいさえしたのだ。

「かれらは死んでいない。全員、生きている。わたしが他者を殺すのは、ほかに選択肢がのこされていない場合のみ」

たとえ、ストーカーが戦いのあと、いかに近づきやすくなったように見えたとしても、相いかわらずかたくなだった。一貫して〝戦時捕虜〟の解放を拒否している。

「にっちもさっちもいかない」ティフラーはとほうにくれた。「どうすればいい？　すでにストーカーは、われわれのことを充分に理解し、かれの船をそうやすやすとは撃たないと知っている。われわれが、テク、スリ、ほかの者たちの命を不必要に危険にさらすことはないとわかっているのだ。こうして見ると、相手は強い立場にあるな」

「わたしにはわかりません」フォン・クサンテンがいった。「なぜ、このような事態に発展したのか、理解できないのです」

「わたしも、以前はありえないと思っていた」デイトンは認めた。「さもなければ、テケナーの計画を支持しなかったとも。ところが、いまならストーカーのことがよくわかる。テクによって追いつめられたとわかったとき、戦うしかほかに手はないと思ったのだろう。ひょっとしたら、ただの短絡行動から、よく考えずにただちに反応したのかもしれない。理性ではなく、感情に支配されたのだ」

「かれの進行役が、みごとにそそのかしたのだな」ティフラーがきっぱりといい、ため息をついた。「しかし、そうとわかったところでなんの役にもたたない。ストーカーとの交渉基盤を見つけなければ。とはいえ、相手はわれわれと話そうとしないのだ」

「ストーカーと話ができる者がいます」フォン・クサンテンがいった。男三人は、たがいに顔を見合わせた。ティフラーがこう告げる。

「それについては、わたしもすでに考えた。ホーマーに知らせるべき時がきたようだ。連絡をとろう」

＊

ホーマー・G・アダムスは《ラカル・ウールヴァ》に、もっとも速い方法で到着した……転送機によって。

「どう理解すべきなのか。ストーカーがおかしくなっただけだと？」これが最初の言葉だった。興奮したようすで司令室に駆けこみ、闘鶏のようにジュリアン・ティフラーとガルブレイス・デイトンに突進していく。

「この映像記録を見れば、わかるでしょう」ティフラーが応じた。「場面を編集してあるので、スローモーションで見せます。そうすれば、ストーカーに関するイメージが得られるはず。そのあとで、話しましょう」

アダムスは、さしあたり、この提案に満足した。しかめっ面で黙ったまま、すすめられた成型シートにぎこちなくからだを沈ませる。映像が流れはじめても、ひと言も発さず、身じろぎもせず、ホロ・キューブをじっと見つめていた。

最初の場面は、通常速度でうつされた。テケナーの声が聞こえる。「待っていろよ、ストーカー。これから、まだ驚くべきことが起きる」

「ただのはったりです」デイトンが説明した。「それでも、ストーカーはただちに引っかかった。自制がきかなくなったようです。ほら、よく見てください、ホーマー」

場面に、ストーカーが登場した。映像のなかでは実物より大きく見える。点のようにちいさな目がふたたび、たちまちひろがるのが、スローモーションで見えた。その目のなかで、霧が渦巻くようにヴェールがかかる。あらわな頬の筋肉が痙攣し、伸びた。下顎が前に張りだし、どんどん長くなり、同時にナイフのように鋭い歯が生える。上唇にしわがより、上に押しあげられると、ほぼ指の長さの牙がのぞいた。温厚そのものに見えた異銀河人が、突然、野獣と化したのだ。頭を攻撃的に突きだし、片側から反対側にすばやく回転させる。まるで獲物を引き裂くのが待ちきれないといわんばかりに、いらだち、強い頸の関節で頭をぐるりと一回転させると、ふたたび反対側に向けた。

高く跳びあがる。スローモーションでは、まるで上方に漂っていくように見えた。そのさい、からだが変化した。芸術家のように細い手は鉤爪と化し、長く黒い爪が指先から伸びる。腕の軟骨はたがいに反対方向にずれはじめた。これにより回転運動が生じるが、スローモーションで見ても、ものすごい速度だ。腕が何度も回転軸をまわり、腱と筋肉が引きちぎれそうになる。すると、こんどは反対方向にもどり、ふたたび負荷能力の限界まで腱と筋肉が引っ張られた。これにより、腕は金属壁さえ突き破りかねない穿孔機と化す。すべてが起こるあいだもストーカーは、堂々と空中を滑るように進んでいく。敵に向かってまっしぐらに。

変身と同時に、背嚢にもまた変化が見られた。見えない開口部からチューブが飛びだし、四肢の上に伸びたのだ。そのうち二本は頸を伝い、目、鼻、耳に到達。どうやら、感覚器官や手足の筋肉の力を強化するエネルギー・チューブのようだ。その結果、ストーカーはさらに迅速に、力強く動けるようになる。チューブは手足でさらに枝分かれし、指先まで伸びると、爪の下で銃口のごとく突きだした。背嚢から、たちまち透明なフィルムがひろがり、からだをつつむ。防御バリアらしい。すると、さらになにかが背嚢から飛びだした。隆起リング五本のうち四本から、長さ四メートルの鞭《むち》が合計八本、うなったのだ。その先端からも銃口がのぞく。

ふたたび着地すると、ストーカーは一瞬、テケナーとその部下やロボットの武器が放射するエネルギー炎につつまれた。ティフラーはこの場面を早送りし、ストーカーがエネルギー炎から飛びだしたところで、ふたたび極端なスローモーションに切り替える。すると、背嚢の鞭のマルチ機能がはっきりとしめされた。

ストーカーが側転し、そのさい、これらの鞭の一本でからだを支え、ほかの七本を敵に向ける。テケナーの部下ふたりに鞭が当たると、防御バリアがショートし、麻痺ビームをくらってたちまち痙攣しはじめるのが見えた。ストーカーは、ほかの五本の鞭で、ロボット二体に集中砲火を浴びせ、爆発させる。

ストーカーは立ちあがり、ふたたび側転に側転を重ね、テケナーの部下ふたりに衝突した。ふたりの防御バリアもショートさせ、腕をすばやく動かすと、コンビ・ブラスターをその手から奪う。鞭二本が武器を捕らえ、銃身を曲げた。

ストーカーは頭を回転させ、背後の出来ごとを目の前で観察できるようにした。肉食獣の頭がこの向きにとどまり、からだをあとから百八十度回転させる。すると、腕が突然、ドリルのように回転しはじめた。これをからだでどうにか支え、ややわきに向けると、前方に走りだす。たちまち、テケナーの部下ふたりの背中に同時に衝突し……これにより、セラン防護服のちょうど技術中枢を捕らえ、鉤爪が金属をバターのように通過。エネルギー爆発が生じ、男ふたりは衝撃波によって、なにもない壁にたたきつけられた。

ストーカーは大きく後方宙返りをすると、エネルギー爆発や、テケナーとのこりの部下たちの武器のあいだを、文字どおりくぐりぬける。逆立ちすると、鞭四本でからだを支え、ロボット前線まで身をくねらせるように進んだ。ロボットの反応がいかに速くとも、あらたな状況に対応できないでいるうちに、ストーカーはすでにその背後にまわり、指先のエネルギー・チューブで次々としとめていく。ロボットが爆発するあいだも、ふたたび、テケナーの周囲ののこった部下たちに向きなおり、同じく排除した。つねに、まずセランの防御装置をショートさせ、それからパラライザーで麻痺させてショックをあたえるか、あるいは狙いを定めた一撃で殴り倒している。クローン・メイセンハートについては、鞭の一撃で、いわば片手間に片づけた。

最後にのこったのは、テケナーだけだった。ストーカーは背後から襲い、鞭のブラスターで防御バリア装置を穴だらけにすると、テケナーの肩をつかみ、自分のほうに向かせる。右手を曲げて、相手の顔に狙いをつけると、前腕をドリルのように回転させた。まさに殺しかけたその瞬間、ストーカーはわれに返り、左手で相手を軽くたたく。

この瞬間、ストーカーのもとの姿にもどる変身プロセスがはじまる。ところが、急にとまった。いまようやく、まだ敵がひとりそこにいることに気づいたのだ。ストーカーは、スリマヴォをまったく敵とみなしていなかった。武装していなかったから。いま、その彼女がプシ能力で攻撃してきた。もとの姿にもどる最中のストーカーの下顎は、なかば、ずれたままだった。その目はすでに澄んでいたが、たちまちすぐに曇りはじめる。からだをかたくし、完全に身じろぎせず、そこに立っていた。

スリマヴォの姿が奥のほうに見えた。ストーカーをエンパシーで屈服させようとして、少女の顔がますますゆがんでいく。精神的疲労のあまり、わずか数秒で数十年も年をとり、頬はこけ、しわだらけの老婆の顔になった。その目は、文字どおり黒っぽく変色した眼窩《がんか》に消えている。とはいえ、この状況は長くつづかない。ストーカーのプシ・リフレクションに捕らえられたとき、彼女の細いからだはパンチをくらったかのごとく震え、力なく、くずおれた。

ストーカーは、ふたたび正常にもどった。スリに駆けより、その前でひざまずくと、髪をなでる。ここで、ティフラーはホロ・プロジェクターのスイッチを切り、なにかを待つようにアダムスを見つめた。

半ミュータントは、両手を膝の上で組み合わせて腰かけたまま、硬直していた。もつれ合う指は白い。一瞬、沈黙が支配する。やがて、アダムスは口を開いた。

「きみたちは、なんてことをしでかしたのか！」そう告げ、両手で顔をおおう。「なぜ、ストーカーがあのようにテクに挑発されるままにさせておいたのだ！　なぜ、あのような無責任な挑発を！」

「わたしの聞き間違いなのか」と、デイトン。「ストーカーが野獣のようなふるまいをしたというのに、まだ肩を持つつもりですか？　ホーマー、どうしたのです？」

アダムスは頭を急にそびやかすと、シートを飛びでて、デイトンに向きなおる。

「テクは、わたしが大変な苦労のすえ築きあげたものを、すべてぶち壊したのだ」半ミュータントが訴えるようにいった。「これは、宇宙ハンザにとって、さらに高いものにつくだろう。ストーカーがいつまでもかたくなな態度をとりつづけるようであれば、こちらもいくらか譲歩せざるをえない」

「ホーマー、いいかげんに目をさましてください！」ティフラーが大声をあげた。「これはもう、とうに宇宙ハンザの利益だけの問題ではありません。これは政治紛争の火種、銀河間の対立です」

「きみたちが引き起こしたのだ」アダムスは譲らない。「ストーカーには防御するしか、ほかに手がなかった。そうとも、攻撃に対して身を守ったのだ。正義はかれの側にある」

ティフラーとデイトンは、理解できずに顔を見合わせた。

「わかりました、責任の問題はおいておきましょう」ティフラーがため息まじりにいった。「より重要なのは、ストーカーにテクとその同行者を解放させることです。この点に関して、なにか手立てはありますか？」

「ストーカーを説得してみよう」アダムスが応じた。「とはいえ、公式の謝罪は回避できないだろうな。事件に対しておおいに詫び、すべての責任をわれわれが負うのだ。ストーカーの名誉法典がそれを要求している。そうしてのみ、和解できるだろう」

「ばかげています、ホーマー」ティフラーが反対した。それでも、半ミュータントの目を見て、ようやく折れる。「わかりました。その手の譲歩なら、ＬＦＴでなんとかしましょう」

ところが、アダムスはかぶりを振った。

「それでは、ストーカーにとり充分ではない。ギャラクティカムの名において、謝罪しなければならない」

「ですが、そもそもギャラクティカムはまだ存在しません」ティフラーが応じた。「いまのところ、ひとつの構想にすぎないのですから」

「ストーカーにとっては、そうではない」アダムスが確信するようにいった。「かれは、われわれを銀河系の代表として見ている。超越知性体の使者として、大々的にとらえている。ストーカーに対してなにかすれば、それはかれにとり、一種族の犯罪ではない。そういえるほど、わたしは相手のことを充分に知っている。テクは、テラナーとしてではなく、ギャラクティカーとしてかれを攻撃したわけだ。ストーカーはこの攻撃を個人的なものととらえていない。これはかれにとり、政治問題なのだ。われわれがこの機会を銀河政治レベルで調整し、あらゆる友好関係においてかれと手を結ぶならば、ストーカーがテクを恨んでいつまでも根に持つことはないと、わたしは確信している」

「まったく気が進みませんが」ティフラーがいった。「それでも、プラット・モントマノールと連絡をとってみます。かれなら、すくなくともGAVÖKの名において話すことができますから」

＊

「きみは真の友だ、ガーシュィン」ストーカーは感動して、背中の曲がった男を抱きしめ、友情の印として頬にキスをする。「きみの寛大さがわたしを恥じさせた。わたしはギャラクティカーからもっとたくさんのことを学ばなければならない。つまり、ギャラクティカーが師になりえるということ。わたしはただの生徒だ。本当に心から、野蛮な感情の激発を恥じている」

スコルシュは、めずらしく口をはさまない。とはいえ、ストーカーの好意的譲歩をどうとらえているのか、その大げさな身ぶりによってはっきりとわかる。ストーカーのからだ中央に自分の軟骨の尾を巻きつけ、両脚のあいだから頭を下にしてぶらさがり、何度も頭に手をやった。ストーカーがアダムスと友情のキスをかわすあいだ、怒って膝を嚙んでさえみせた。

「エスタルトゥにとり、寛大で高潔なギャラクティカーと交易関係を結べることは、名誉だ」ストーカーはこう結んで半ミュータントからはなれると、捕虜に向きなおる。

テケナー、スリマヴォ、メイセンハートとほかの者たちは武装解除され、セラン防護服を脱がされていた。全員、アダムスが用意した簡素なコンビネーションにすでに着替えている。

「起きてしまったことに対して、心から詫びたい」ストーカーがテケナーに向かっていった。「たとえ、わたしが正しかったとしても、あのように好き勝手にふるまうべきではなかった。弁明するとしたら、ただ状況を誤って判断してしまったせいだ。わたしは非常に感情的なのだ、テク、わかるか。きみがわたしに対し陰謀をくわだてていると考え、利用可能なあらゆる手段で身を守らなくてはならないと思った。わたしは逆上し、ただの無害な対立状況なのに、宇宙的陰謀を妄想してしまった。申しわけない」

「きみを信じるとも、ストーカー」テケナーが応じた。「きみはわたしのはったりに引っかかり、まったく不必要にその力を見せてしまった。そのことに対し、きみは怒っているにちがいない。われわれ、いまや注意を喚起されたわけだ、ストーカー」

「なぜ、それほどかたくななのだ、テク？」ストーカーが悔しそうにいう。

「きみがツナミ艦乗員の消滅とまったく関わりがないというのが、本当とは思えない」テケナーが応じた。「それどころか、あのようにふるまえば疑惑がさらに増すだけだ」

「どうすれば、わたしが無実だとわかってもらえるのか、テク？」

「きみが《ツナミ114》を見つけたという座標を教えてもらいたい」テケナーが要求した。「そこに向かい、現場調査をはじめるつもりだ。それとも、これに対し異議があるか？」

「異議などあるものか」ストーカーは大声で応じた。「わたしには、心にやましいところはない。発見場所の正確な座標を教えるとも。それどころか、調査をやりやすくするためにきみに手を貸すつもりだ。スコルシュ！」

進行役は床に向かってジャンプした。両腕でからだを支えたが、そのまま転がり、悪態をつきながらすごすごと立ち去った。まもなく、パイプ形の一物体を携え、もどってくる。ストーカーはそれを手にすると、テケナーにさしだし、おごそかに告げた。

「和解の印として、これを受けとってもらいたい、テク。きみの調査でおおいに役だつだろう。これはパーミットという一種の通行許可証で、これがあれば、きみはエスタルトゥの力の集合体内におけるあらゆる困難を克服できる。というのも、この許可証により、きみがわたしの個人的な友で、わが庇護下にあるとわかるから」

テケナーは、パイプを用心深く受けとりながら、

「およそ役にたつものではない気がするのだが。このパーミットに殺されないだけで、ほっとするべきかもしれない」と、いった。

「そんなふうにいわないでくれ、テク」ストーカーは、いまの言葉に泣きださんばかりの顔をすると、すぐにクローン・メイセンハートに向きなおった。まるで、危機的瞬間をすばやく切りぬけるかのごとく。

「きみには償いとして、ふたたびエスタルトゥの〝奇蹟〟についての宣伝キャンペーンをまかせたい」と、告げる。「きみにとり、さらにいい条件であらたな契約を結ぼう。エスタルトゥからの報道について、独占権をあたえる準備さえある」

これを聞いたとたん、メイセンハートの拒絶するような表情がはっきりと変化した。

「考えてみよう」ジャーナリストが躊躇《ちゅうちょ》しながらいう。とはいえ、これを聞き、かれを見ていただれもがわかった。メイセンハートのレポーターとしての野心は、ストーカーに対する個人的な怒りに打ち勝つだろう。

「きみにはどんな償いをすればいい、ちいさなエンパス?」ストーカーがスリマヴォに訊いた。

「自由にしてほしいわ」少女は、ただそういっただけ。

ストーカーは、お手あげだといわんばかりに両腕をあげ、

「きみを痛いめにあわせるつもりなどなかったのだ」と、告げる。「とはいえ、パラプシ能力による攻撃を受ければ、同様の方法で身を守るのはまさに反射的行動といえよう……わたしの言葉はきみの心にとどかないようだがな。きみを自由にしよう、スリ」

7

第七の〝奇蹟〟アブサンタ＝ゴム……不吉な前兆のカゲロウ

七つめの〝奇蹟〟について語ろう、星間放浪者よ。それは、NGC４５６８の双子のかたわれ、NGC４５６７で見つかる。このふたつの銀河は〝結合双生児〟と呼ばれ、エスタルトゥの力の集合体の中心でもある。アブサンタ＝ゴムとアブサンタ＝シャドだ。ただし、不吉な前兆のカゲロウが見つかるのは、アブサンタ＝ゴムにおいてのみだが。

それは、特殊な種類の星日誌のこと。換言すれば、一日かぎりの命しかないカゲロウだ。実際、それはふいにあらわれ、ほんのつかの間だけとどまる。その存在は長くつづかず、たちまち過ぎさる……とはいえ、これに矛盾するかのように、この銀河にとって永遠に重要なものなのだ。星日誌がきみに告げるのは、持続的で効力のあるもの。そして、いいことはなにひとついわない。きたるべき災《わざわ》いについて、待ち伏せる脅威や、恐怖や、死や、災難について告げるのだ。

不吉な前兆を聞きたくなければ、カゲロウを回避せよ。なぜなら、その予言は実際、脆弱な者には役にたたないから。カゲロウから逃れるがいい……とはいえ、まったく容易なことではないが。というのも、それが一度きみを探しだしたら、つけまわすだろう。まさにそのことが、きみが知りたくない災いをもたらすかもしれない。

それでも、恐れる必要はない。毅然とし、不吉な前兆を避けないことだ。どこで危険が待ち伏せているか、耳を澄ませ。それを知り、覚悟をせよ。恐怖にそなえ、これを防ぎ、みずから死の瞬間を迎え待つのだ。そうすれば、これにそなえ、防ぐことができる。なぜなら、不吉な前兆のカゲロウがもたらす災いは、変えようのない現実ではないから。ひょっとしたら、わが友よ、これらの陰鬱な宣託は、そのまぼろしの力によって宇宙を脅かす災いを事前に知り、ひたすら現実となるのを防ぐために存在するのかもしれない。

だが、わたしがなにを予言できるというのか。ヴィーロ宙航士よ、飛びたて。エスタルトゥの第七の〝奇蹟〟を自分の目で見て、自分の耳で聞き、みずから判断せよ。さ、いまだ……

＊

ヴィールス船が分散した。数千隻の船に何百万ものギャラクティカーがいる。ありとあらゆるかたちと大きさのヴィールス船。ヴィールス・インペリウムの残骸のヴィールス雲がすべて、宇宙船と化していた。ヴィールス・インペリウムは、自身をギャラクティカーへの贈り物にしたのだ。非常に便利で、実用的で、好まれる贈り物に！　なぜなら、いまや、無限への道がギャラクティカーに開かれたわけだから。いたるところに銀河系の種を運ぶことが可能となる。

ヴィーロ宙航士の多くはすでに出発していた。宇宙全体を密集したネットとしてつらぬくプシオン流に沿って、局部銀河群へ、エスタルトゥの力の集合体へ、グルエルフィン銀河またはM－87へと飛んでいく。ペリー・ローダンの脳の彷徨《ほうこう》を追体験できることを望みながら、ナウパウム銀河を探しに出かける者も……あるいは、ペリー・ローダンとともにエデンⅡを探しに行く者もいた。〝それ〟によれば、エデンⅡは、人が探しもとめるところで見つかるらしい。さらに、すべての道は結局、エデンⅡにつづく、とも。いま、みずからの意志で〝それ〟の力の集合体を横切ろうとするヴィーロ宙航士たちは、早晩、エデンⅡが見つかると確信していた。

「《ラサト》でエスタルトゥに向かうつもりはないの、スリ？」パシシア・バアルがくりかえしたずねた。「あなたのような女友だちがいてくれるとうれしいのだけれど」

「わたしは自分のヴィールス船がほしいの、パス」スリマヴォは判で押したように答えた。

すべてのヴィールス雲が宇宙船と化していた……ふたつをのぞいて。それらはテラ宙域に漂い、あらゆる征服の試みに抵抗している。

スリはそこまで《ラサト》で運んでもらった。ロナルド・テケナーが、宇宙ハンザの経費でまかなわれたセラン防護服を貸してくれる。スリは、テケナー、ジェニファー、パシシアに別れを告げ、船を降りた。

ふたつのヴィールス雲には、いまだにギャラクティカーの宇宙船が群れをなして押しよせていた。とはいえ、包囲網は徐々にまばらになり、ギャラクティカーは意気消沈してはなれていく。ヴィールス雲に断固として協力を拒まれたのだ。

スリは、ヴィールス雲ふたつのうちのひとつに向かった。

「また、すぐにね」パシシアの最後の声がヘルメット受信機から聞こえる。

「どこかで再会しましょう!」

スリは通信機のスイッチを切り、静けさを楽しんだ。

〈わたしをなかに入れて、ヴィー〉ヴィールス雲に接近すると、強く念じてみる。

〈それはできません〉ヴィールス雲がテレパシーで答えた。

〈でも、わたしはスリマヴォ、ヴィシュナの具象なのよ〉

〈わたしは、ほかのだれかのものですから〉

〈だれのものなの?〉

沈黙。

スリは、もうひとつのヴィールス雲に近づいた。ところが、これもまた少女の願いを拒む。スリでなければ、だれのものにもなる約束をしたのか。そうたずねても、雲は沈黙をもってこれに応えた。

「わたしはヴィーロ宙航士なのよ！」スリは声に出していった。「わたしは宇宙の渡り鳥。ほかのだれよりも強く、異郷への憧れを感じるわ」

それでも、ヴィールス雲はスリの話を聞こうとしない。追放され、見捨てられた気分だ。突然、静けさがもう気分をさわやかにするものに思えなくなった。ひょっとしたら、パシシアに《ラサト》に乗せてくれるよう、たのみたくはなかった。とはいえ、また自分のような友が必要かもしれないが、自分はパスのような友を必要としない。

ほかに友がいる……

そうだ。いままで気づかなかった。

自分には、友がいたのだ！

＊

「テラめ！」その言葉はまるで、呪い文句のように響いた。「わたしは、おまえとその官僚たちとの別れを悲しんで泣いたりしないからな」

レオナルド・フラッドは、そのわずかな言葉で、この数日間につのったすべての欲求不満を吐きだした。数週間というもの、かなり大変だったのだ。いったん、テラの官僚主義の歯車にはまったら、そうやすやすとは出られない。まったくひどい目にあった。もともとレオはロマンティストだったが、この数週間ですっかり冷淡になってしまった。それでも、いまは徐々にもとのレオにもどっている。

アン・ピアジェと全生徒を連れてヴィールス船に乗りこみ、出発するのは容易だと思えた。行き先はどこでもいい。宇宙は無限だ。いや、古きよき官僚主義のテラにいるわれわれにとっては、そうではない。というのも、テラナーならだれでも随意にヴィーロ宙航士になれるとしたって、われわれがまずもって当局の許可を得ることなく、どこに行けるというのか。しかも、メンバーのほとんどが未成年のテラ被害者という施設全体なのだ。

計画が進みはじめると、ようやく国家機構は、次々とあらたな試験委員会をつくりだし、《レオの幼稚園》を野生の群れのごとく襲撃した。孤児となった生徒のための出発許可を得るのは、まだ比較的かんたんだった。というのも、かれらの後見人はレオとアンだから。ヴィシュナの七つの災い以来、そうなったのだ……あのあと、官僚幹部は目がまわるほど忙しかったから、その手続きは、ほぼ苦労なく完了したもの。ところが、家族がいて、たんに親の都合とかほかの理由で家庭から遠ざけられた生徒たちは、強引にテラにとどめ置かれそうになった。

子供を親からそうかんたんには引きはなせないと、レオはもちろん理解していた。だから、親と連絡をとり、子供の養育権を譲ってもらえるよう、しつこくたのみこんだ。ほとんどの場合、成功した。子供たちがレオとアンのもとに……それはいまや、銀河間エンジンをそなえた《レオの幼稚園》という船だったが……とどまりたがり、親は無関心だったから。それでも結局、アンとレオは数名の生徒と別れなければならなかった。

とはいえ、ようやく切りぬけた。最後の幹部官僚が《レオの幼稚園》から退散したのだ。宿舎に似た上部構造物とクセノフォーミング公園のある、長さ百メートル、幅八十メートルの楕円形プラットフォームは、すでに出発準備がととのっている。レオは数回、力強く深呼吸した。肺からテラの空気を吐きだし、ヴィールス空気を吸う。かすかな郷愁を味わい、哀愁をもってテラのよき時代を思った。おそらく、古きよき母なる大地がいささか懐かしくなるだろう。とはいえ、子供はいつか臍《へそ》の緒《お》を切らなければならない。

〝それ〟さえ、そう理解していた。

アンは、ほっとしてレオの腕のなかに倒れこむと、

「やったわね！」と、ため息をついた。彼女の心臓の鼓動を胸に感じる。レオがアンの鼻先にキスすると、彼女はかれの下唇を軽く嚙んで応えた。「もう、なにものもわたしたちをとめられないわ」

「どこに行きましょうか？」ヴィールス船が訊いた。

アンとレオは顔を見合わせた。ふたりの頭を、魅惑的な千の目的地が同時にかすめる。

できることなら、すべてのところに飛んでいきたい。とはいえ、まずどこに？

「とりあえず、出発しよう」レオが曖昧に手を動かした。「ただ出発するのだ、あてどない旅に。さしあたり、まず、テラをはなれよう。太陽系を出て、それからまっすぐ、鼻の向いている方向へ」

「言葉どおり、受けとるべきでしょうか？」ヴィールス船が訊いた。「だれの鼻が向いている方向に進みますか？　ふたりの鼻は、たがいに向き合っていますから」

「出発だ！」レオが命じた。「われわれ、これから価値ある目標を見つけよう」

《レオの幼稚園》が地面をはなれ、二、三メートル浮かんだ。

「宇宙当局の手つづきは、わたしが面倒をみます」ヴィールス船が申しでた。「とりあえず、ふたり共通の目的地を考えておいてください。それとも、子供たちに決めさせますか？」

「とんでもない！」アンとレオが、同じ口から出たかのごとくいった。

《レオの幼稚園》はますます上昇し、まもなく大気圏の最上層に達した。子供たちはプラットフォームのはしに沿って立ちならび、ちいさくなっていくアジアの地形を魅せられたように見つめている。大陸は縮み、白い雲の模様の下に沈むと、ふたたびそこからきわだって見えた。地平線がさらに弧を描き、とうとう球体となる。

《レオの幼稚園》は大気圏を突破し、無重力状態で宇宙空間を漂っていく。

「そろそろ、決めなくちゃね」アンが迫るようにいった。「まずは銀河系を一周して、無限アルマダの基地をいくつかめぐるのはどう？」

「考えてみよう」レオが考えこみながらつぶやいた。

「もう、ホームシックにかかったのですか？」ヴィールス船が訊いた。クセノフォーミング公園のある宿舎の上のエネルギー・ドームが、テラの空のように青く輝く。「この空は気にいりませんか？」

レオは黙っている。アンが応じた。

「わたしたちを襲ったのは、ホームシックじゃないのよ……これがどのような種類の気分なのか、自分でもよくわからない」レオを見つめた。「でも、わたしたちふたりとも、なにかがたりないみたいなの。重要ななにかを忘れていたような、なにか価値あるものをのこしてきてしまったような。どう説明したらいいか、わからないのだけれど」

「わたしがふたりの思考を読んで解釈しましょうか？」ヴィールス・インペリウムが提案した。答えを待つことなく、いう。「友を迎えに行きます。飛行方向を見てください」

アンとレオは、手に手をとって船首に向かい、宇宙空間を見わたした。まず目に飛びこんできたのは、地球軌道の見慣れた光景だった。ところどころに浮遊する宇宙船、軌道上の宇宙ステーション、発着する乗り物。

すると、《レオの幼稚園》に近づいてくるちいさな点が見えた。それがたちまち大きくなり、宇宙服を着用した姿だと、すぐに気づく。その姿が両腕を振り、プラットフォームの膨らみに近づいてくると、それに沿って手探りでエアロックまでたどりつく。

数分後、スリマヴォが公園に姿をあらわした。ふたりに駆けよると、腕のなかに飛びこむ。

「よくきたわね」アンがうれしそうにいった。

「そう約束したでしょ」スリが答えた。

レオは、口を開けたまま、彼女をじっと見つめ、

「大きくなったじゃないか。もう、若い女性だな」と、感嘆するように告げる。

「まだ、完全ではないのよ」スリがいった。「とはいえ、急ぐ必要もないわ」

「あなたは、もしかして……」アンは咳ばらいをして、いいなおした。「あなたは、別れを告げるために、もどってきたの？」

「じゃまでなければ、あなたたちといっしょにいたいのだけれど」と、スリ。「わたしきっと、みんなにとって、いいヴィーロ宙航士になるわ」

「その申し出を受けようとも」レオがいった。「ただ、ひとつだけ問題があるのだ。アンとわたしは遺憾ながら、どこに飛ぶべきか決めかねている。行き先を提案できるかな、スリ？」

「なにを考える必要があるというの」スリの目に奇妙な光が浮かんだ。「ヴィーロ宙航士にとって、エスタルトゥの〝奇蹟〟に向かって飛ぶよりも刺激的なことがあるかしら？」

「採用だ」レオがいい、アンはうなずいた。

「聞いてた、ヴィー？」スリがいった。「ストーカーの故郷を訪ねて、あれほど賞讃されたエスタルトゥの〝奇蹟〟を探すのよ」

　スリのほほえみには虎視眈々《こしたんたん》としたものがあると、レオは気づいた。その黒い目の奥から、なにか貪欲なものが語りかける。一種の渇望だ。まだ彼女がからだに障害のある、口のきけない少女アイリスだったころ、空中に虹を出現させたときから気づいていたもの。とはいえ、この印象はすぐに消えうせ、ふたたびスリは、快活でおてんばな、もとのティーンエイジャーにもどっていた。

あとがきにかえて

林　啓子

今日は、二〇二〇年八月二十八日。新型コロナウィルス感染症の流行により、三月後半から在宅勤務となり、現在にいたる。「バカンスのために働いている」らしいドイツ人の同僚も、さすがに夏の長期休暇はおあずけだろう。と、思いきや、ちゃっかり三週間の不在を伝える自動返信メールが届いたのには驚いた。それも、ひとりだけではない。たとえバカンスに出かけられなくても「休むときは休む！」のだ。「冬休みにとっておこう」「来年に繰り越そう」などと、ついつい貯蓄癖がでてしまう典型的日本人のわたしは、おおいに見習わなくては。万全のコンディションで仕事に臨むには、心身ともに充分に休み、リフレッシュすることが重要だ。有給休暇の取得は、むしろ真剣に仕事に取り組む姿勢のあらわれらしい。

秘書という仕事は、上司に邪魔されるのが三割、その他大勢に邪魔されるのが三割を占めるような気がする。在宅勤務のいまは、その六割の邪魔がほぼなくなり、本来の仕事に集中できるので、効率のよいことこのうえない。本社との時差も、さほど気にならなくなった。なによりも、家族で食卓を囲み、朝から洗濯物が干せる幸せ。気になったら、こまめに掃除機をかけ、昼休みには、近所のスーパーまで気軽に出かけられる。会社までの通勤時間と変身時間がないぶん、ゆとりができたはずなのに、不思議なほどやるべきことが目白押しだ。おそらく、いままで見過ごしてきた大事なことに気づいたせいだろう。いまだかつて経験したことのない家庭中心の生活が新鮮だ。最前線で戦う医療従事者をはじめとするエッセンシャル・ワーカーのみなさんに心から感謝したい。

SNSとのつきあいかたも変わった。四月にはごく親しい友人たちに声をかけ、〝早寝早起き音楽部〟なるグループをつくってみた。毎日の就寝・起床時間の目標を掲げ、実際を記録し、日常の些細な出来事や気づきをコメントしあう。同じピアノや歌を趣味とする仲間同士なので自然と話が弾み、すぐに言葉の〝枕投げ大会〟がはじまる。このような時期だからこそ、気のおけない友人たちとの心のつながりはなによりも大事だ。この半年間で、自分にとって本当に大切なこと、やるべきことがわかったような気がする。

これまで、ローダンの原文を読むのは、決まって通勤電車の中だった。電車にほぼ乗らなくなったいまは、家のリビングでくつろぎながら、夢の世界に没頭できる。夢中になりすぎて、うっかり乗りすごす心配もない。ローダン・シリーズは、さまざまな作家の個性溢れる文体に触れられるところがいい。そして、愛すべき登場人物たちといったら。異銀河生物と心を通わせるシーンには毎回、ほろりとさせられる。この巻でも、ヴィールス船の言葉に完全に心をつかまれてしまった。

とりわけ、恋人を失ったアルジェンティナが、「あなたの持つ前衛騎兵グレガー・マンダに関する記憶から、映像をうつしだして」「わたしのために、かれをつくれるわよね」と、食い下がる彼女に、ヴィールス船は、行方不明の恋人を捜しに旅にでようと提案する。「あなたの恋人が見つかるとも、まだ生きているとも保証はできませんが。それでも、あなたが痛みを克服するのに手を貸すことはできる。（中略）前を向くのです。目の前には、まだ人生がある……驚きと謎に満ちた宇宙がある。過去への橋を壊して、未来のために生きるのです」

さらに、こう告げる。「ティナ、あなたは実際、かわりの恋人がほしいわけではない。だれもあなたにとってグレガーのかわりにはなりえないし、かれに瓜ふたつだからといってその相手を本当に愛することはできない。（中略）現実と向き合うのです。わたしが手を貸しますから」

わたしも、こんなに頼りになるヴィールス船がほしい。と、願ったその晩、船とともに宇宙に繰りだした夢を見た。天国の母や伯父や、翻訳の恩師と一緒に。

訳者略歴　獨協大学外国語学部ドイツ語学科卒，外資系メーカー勤務，通訳・翻訳家　訳書『ヒールンクスのプラネタリウム』マール＆エルマー，『玩具職人クリオ』エルマー＆フランシス（以上早川書房刊）他多数

HM=Hayakawa Mystery
SF=Science Fiction
JA=Japanese Author
NV=Novel
NF=Nonfiction
FT=Fantasy

宇宙英雄ローダン・シリーズ〈626〉

異銀河《いぎんが》のストーカー

〈SF2301〉

二〇二〇年十月　十日　印刷
二〇二〇年十月十五日　発行

（定価はカバーに表示してあります）

著　者　エルンスト・ヴルチェク
訳　者　林《はやし》　啓《けい》子《こ》
発行者　早　川　　浩
発行所　株式会社　早　川　書　房
郵便番号　一〇一 - 〇〇四六
東京都千代田区神田多町二ノ二
電話　〇三 - 三二五二 - 三一一一
振替　〇〇一六〇 - 三 - 四七七九九
https://www.hayakawa-online.co.jp

乱丁・落丁本は小社制作部宛お送り下さい。
送料小社負担にてお取りかえいたします。

印刷・信毎書籍印刷株式会社　製本・株式会社川島製本所
Printed and bound in Japan
ISBN978-4-15-012301-7 C0197